少女
しょうじょ

湊佳苗

王蘊潔—譯

名家強力好評推薦！

湊佳苗的作品，文字使用充斥大量的對話和獨白，淺顯直接，少有對情境描繪的過多形容，比如晨曦不會變成天空漸露魚肚白，易讀白話得很。湊佳苗的作品，雖非典型的推理結構，但每每神來一筆的意外性佈局，卻也讓人驚訝得目瞪口呆。湊佳苗的作品，對年輕世代內心底層的剖析精確命中，不是大人自以為是的那般簡單，看似顛覆殘酷，卻也純真溫暖。《少女》一書中藉由敦子、由紀和紫織，上演的是關於友情與秘密之間，觸及的是死亡與生命價值的取捨。遊戲的產生是報復？好玩？還是其實你不懂我心的不得不為？當了解少女間的想法和行為邏輯，讀者所謂的共鳴，大概就這麼回事了！

——日劇達人／**小葉日本台**

從目前已中譯出版的《告白》與《贖罪》二書來看，作者湊佳苗擅長以第一人稱「我」為視點，採自述、書信、演講等形式，來描述或推動事件。主述者依其性格與遭遇來「理解」事件，因而產生偏頗或有意無意的隱瞞，使得整個故事瀰漫著混沌未明的不安氣氛，這在閱讀上反而驅力十足，誘使讀者迫不及待緊追結局而去。

在本作《少女》中，作者延續此一風格，但故事改按時間序，以女高中生由紀和敦子兩人的互動而展開。十六、七歲的年紀，正是容易胡思亂想、多愁善感的時刻，情感上的壓抑、張狂、紊亂、猶疑，透過兩位少女對死亡時而純真時而殘酷的猜想，竟浮現一絲莫名的驚悚。準確掌握人物心態、合宜地促成行動，讓兩人不斷交錯影響，並串起故事中各個大小環節，是本作最精采之處。在此僅以一小小建議作結：「請儘可能一口氣看完這本書」——呃，或許不必我多提醒，恐怕諸位讀者一翻開書，就捨不得擱下了。

——推理評論人／**冬陽**

體制下十六、七歲高中女生的生活是相當侷限的，但對世界許多禁忌的想知的欲望並沒有因此被消除，反而順著那微小的空隙軟呼呼地膨脹出來。

「死亡究竟是什麼？」

《少女》中，敦子、由紀暗地中各自計畫著要去感受、去觀察，人類在世上所能行的最後一個動詞，但自認精心的佈局卻慢慢走向失控。

湊佳苗用犀利的筆觸描寫人性的黑暗及正義，使我不禁想起拉斯馮提爾的「命運變奏曲」。做錯事就要受到懲罰，人類需要正義，即便那之中有些將導向死亡。透過終極的死亡，了解到我們所擁有的其實也只是一顆美麗而醜陋、二元性凡人的心。

就算如此，湊佳苗最後仍然留給了我們希望，留給了我們被包圍在殘酷冰牆中隱隱發光的溫暖。

——新生代演員作家／**紀培慧**

CONTENTS

第一章。 009

第二章。 045

第三章。 089

第四章。 141

第五章。 189

終　章。 227

遺書

全天下的小孩子都應該用試管製造。

只要用那些天之驕子的卵子和精子，製造出優秀的人類就好。

如果沒辦法做到這一點，那就退而求其次，讓所有的孩子都在國家的育幼院之類的地方長大成人。大家穿相同的衣服、吃相同的飯菜、住相同的房間、接受相同的教育、父母也相同……生活在平等的環境中。

在這種環境下，如果仍然因為不聰明、不用功，成績在班上墊底被人瞧不起，因為性格扭曲而遭人排擠，也就無話可說了。

無論功課還是運動方面，我私下都超努力。雖然看了很多書、聽了很多音樂，也不忘翻閱時尚雜誌，但我從來不會在人前誇耀、吹噓。

在沒有太多選擇的鄉村城市，想要維持不向自我妥協的高水準，並不是一件容易的事。但是，我努力不懈，直到今天。

即使遭人排擠，我仍然沒有放棄努力。

自殺是敗北宣言，我絕對不會做這麼丟臉的事。我一直這麼告訴自己，不卑不亢，帶著正面的心態忍受至今。

因為，這種情況不是我造成的，這不是我的錯。總有一天，我可以解脫。

——我曾經對此深信不疑。

**

看不懂。

人在自殺前，都必須在部落格上寫這麼令人費解的遺書嗎？如果是我，無論多麼想死，都會因為這個步驟太麻煩而放棄，所以會努力活下去。

我不擅長書寫，也不擅長閱讀，即使是班上同學的遺書也不例外。

她昨天自殺了，在家中浴室割腕自殺。

雖然我們稱不上是好朋友，但關係還算不錯。我們曾經相約，畢業旅行時，要帶同款的皮包、要去迪士尼樂園和米奇一起拍照，也約定在校園文化祭時要一起表演有趣的節目。

話說回來，畢竟發生了那件事，這也難怪……

她眉清目秀，聰明伶俐，跑步很快，裙子上的摺痕也都服服貼貼。最重要的是，她是一個擁有自我的女生。

我以為即使學校的社群網站上有人留言說她的壞話，她也會一臉不屑地說，誰去理會那種只敢匿名發言的蠢蛋；我以為即使有人簡訊叫她「去死」，她也會當場刪除，表現出一副若無其事的樣子；我以為即使有人故意弄髒她的運動衣，她也會很豁達地說，只要洗一洗就乾淨了。

雖然我們交情不錯，但因為我知道她了悟「死亡」，所以並沒有多關心她。

我作夢都沒有想到，瞭解什麼是死亡的她，會輕易走上死亡這條路。

班導師問我，她在死前有沒有找我傾訴？她沒有找我傾訴，她應該不會找班上任何人傾訴。

當遇到讓人想要尋死的事時，最不願意讓同一個小圈圈的人知道，最不想讓自己的朋友知道，難道大人不瞭解嗎？

話說回來，為什麼會發生這種事？

想必我的好友現在也在納悶這個問題。

第一章。

七月十七日（五）

*

——不舒服到了極點，簡直就是地獄。

雖說這是一所公立女子學校，但除了教職員辦公室和學生餐廳以外，其他地方都不裝空調，這對健康會有影響吧？拉起厚實的窗簾，全校三百六十個學生齊聚一堂的體育館內簡直就像是三溫暖。而且，還混合了各式各樣體香劑的味道，充斥著好像放在公共廁所那種業務用芳香劑般的臭味。

在這種地方坐兩個小時，簡直就是活受罪。

過完週末的兩天後，就開始放暑假了。

今天只上半天課，但與其來參加這種無聊的例行課程，不如趁早放假。一年級的時候還覺得既然學校規定，只能乖乖照辦。升上二年級後，就覺得單程走三十分鐘特地趕來學校實在蠢透了。

無論如何，至少比昨天好多了。昨天在炎炎烈日下的操場上舉行了班際壘球大賽。

好幾個學生都中了暑，就連保健室的老師也昏倒了。我擔任救護員，只能用浸過冰水的濕毛巾，放在那些躺在樹蔭下的同學臉上做為應急處置——

妳想謀財害命嗎?!我是臥床不起的老人嗎?!妳是惡媳婦嗎?!

那些中暑的同學罵聲連連。不過，我已經做過實驗證明，這種方法是無法輕易取人性命的。

今天是人權電影鑑賞會。

有什麼電影值得全校學生即使忍受這種不舒服，也非要一睹為快?

電影片名是「真情世界」。為電影中兩個少年男主角配音的是傑尼斯雙人偶像團體，電影的內容是——

少年從小在單親家庭長大，和母親相依為命，新搬來的鄰居家中有一個罹患愛滋病的少年。聞愛滋色變的附近居民對新鄰居少年避之不及，然而，這兩名少年漸漸建立了真誠的友情。

電影開演還不到二十分鐘，已經有人開始啜泣。根本還沒演到感人的橋段。大家都是以愛滋少年將死為前提看這部電影，所以，即使遇到歡樂的場面也忍不住落淚。時間差不多了。

聲音——從後方傳來。

嘶嘶嘶嘶嘶……誇張而拚命吸鼻子的聲音簡直就像是在搞笑。

是敦子。

她用我在她生日時送她，花了我一千兩百圓的LIZ LISA手帕，輪流拭著眼角和鼻子。她以前即使在看「小狐阿權」和「哭泣的紅鬼」時也不會哭。不，應該說，她以前不是學人精，也不是那種會假哭的女生。

我從小學一年級開始去上劍道教室「黎明會」時，那裡有一個與眾不同的女生。她個子高高的，膽子卻很小，每次被老師大聲斥責，她就會戴著護具逃走。但是，她是我第一個記住名字的人——草野敦子。

得知我們兩家住得很近後，我們會一起去劍道教室，但下課後，很少一起回家，倒是我經常會幫她送東西。沒想到一年後，敦子去參加各種比賽，都一定會帶著獎杯和獎狀凱旋歸來。

我在練習時比她認真好幾倍，直到小學五年級放棄為止，一次也沒有贏過她。

敦子的運動能力並不算特別優秀，但她的瞬間爆發力和反射神經特別敏銳。她可以在間合❶之外，在對方跨前一步也無法觸及的距離縱身一跳，迅速擊面。這是她的拿手絕技。

雖然被她擊中時很懊惱，但在參加團體賽時，敦子「跳躍」那瞬間可以讓人覺得勝券在握，彷彿身體也隨著她一起跳了起來。

勝利的跳躍——道場的老師用這種方式形容。小學六年級時，在一場規模不是很大的比賽中，敦子靠著這個跳躍贏得了全國冠軍。

但是——

中學三年級的夏天，參加縣賽的決賽時，敦子在跳起來時扭傷了腳——聽說是這麼一回事。

我沒有去看那場比賽，所以不知道當時的情況。

那次之後，敦子放棄了劍道。她放棄了跳躍，放棄了跑步，也放棄了激烈運動。

當時，她因為在體育方面表現優異而獲得推甄，得以進入鄰市一所文武雙優的名門私立高中——黎明館高中，但她拒絕了。

她受的傷應該不至於嚴重到會留下後遺症的程度。

結果，她進入了重視傳統和禮節，卻不怎麼優秀的女子高中——櫻宮高中。

入學典禮當天，敦子把玩著從創校至今，款式幾乎沒有改良過的古董級水手服上的紅色領巾，像是悲劇女主角般哀嘆：「我不想穿這種制服。」她一定對身旁穿著相同制服的我視若無睹。

「還好啦！只有這個年紀才能穿水手服。」我試著安慰她。

「由紀，妳當然好啦！櫻宮高中的櫻井由紀，聽起來就很吉利，但是，我……

❶劍道比賽中，自己與對手之間的距離稱為「間合」。

唉！妳怎麼可能瞭解我的心情？」

我當然不可能瞭解——妳到底想要我瞭解什麼？

要我瞭解妳的腳明明沒問題，卻不上體育課？還是會因為一些芝麻小事，引起過度換氣症？或是無論去其他教室、上廁所、吃便當，都不敢單獨行動嗎？

還是要我瞭解敦子妳的孤獨不安？

即使我能瞭解，也於事無補。

——我將視線移回銀幕。兩名少年努力征服死亡。

有一天，新聞報導說，在遙遠的城市發現了一種專治不治之症的特效藥，於是兩名少年踏上旅途，打算尋找這種藥。但是沒想到這是一則假新聞，兩名少年失魄落魄地回到家。然後，死神造訪，少年向好友道別後，靜靜地閉上了眼睛。

劇情進入高潮，吸鼻子的聲音、啜泣聲和哭泣聲也達到了顛峰。

啊哼！嗚嗚嗚嗚嗚……

體育館內，用力擤鼻涕的聲音和裝腔作勢的哭聲此起彼落。敦子用LIZ LISA的手帕擤著鼻涕，用在校門口發的補習班廣告面紙擦著眼淚。

她弄反了，而且今天演得有點過火了……

因為擔心遭到同學的排擠，敦子拚命和其他人保持相同的步調，完全沒有察覺誇張的動作反而讓她顯得和其他人格格不入。

——我將目光移回銀幕。少年把鞋子丟進河裡。

少年完成了約定的儀式。雖然死亡造成了分離，但他們的友情並沒有結束。死亡，讓他們的友情永垂不朽……

雖然這部電影令人感動，但我哭不出來。歸根究柢，這只是別人編出來的故事。那兩個容貌俊俏的少年只是在扮演別人創作出來的角色，下戲之後，轉身說聲「辛苦了」，領了便當，彼此甚至連招呼都不打一聲就掉頭回家了。

但大家好像在參加「感動比賽」似的紛紛掏出手帕擦眼淚，她們不是對那些看韓劇哭得唏哩嘩啦的歐巴桑嗤之以鼻嗎？真受不了這些人。

莫名其妙。

現實生活中哪有什麼友情？世界上不可能有兩個人走完全相同的人生，總有一天會分道揚鑣，生命中重要的人的順位也會不斷改變。

所以，應該在此之前就有所體會。

但看到她擦著根本沒有流淚的眼睛，我覺得要她體會根本是不可能的。

——敦子，我沒說錯吧？

我覺得兩名少年好不容易成為好友，其中一人因為生病而死去實在太可憐了。我以後也要注意自己的健康。感想到此結束。

終於寫好了。咦？大家怎麼還在寫，只有我一個人抬起頭。大家到底在寫什麼啊？每個人寫的內容都大同小異，有什麼好寫的？只要寫「很好看」這幾個字，不就解決了嗎？

「至少要寫滿稿紙的八成，否則要重寫。」

三十多歲的班導師看著我說。我的字寫得很大，但不要說八成，就連兩成都沒填滿。對了，我忘了寫重要的心得。

我以後也要珍惜友情──終於湊足兩成了。

朋友。

由紀坐在靠窗最前面的座位上振筆疾書，仰頭看著右上方四十五度角……接著又低頭寫了起來。

她在寫什麼？她根本沒有受到感動。回教室的時候，我對她說：「真好看。」她卻一臉無趣地打著呵欠。看電影的時候，她絕對沒有流一滴眼淚。眼淚。

我已經有好幾年沒看過由紀流淚了。不光沒有看過她流淚，她臉上也幾乎沒有喜怒哀樂的表情，不笑，也不生氣，完全搞不懂她在想什麼，但她以前不是這樣的。

小學五年級，她的左手受傷後，整個人都變了。

有一天早上，由紀左手包著一層又一層的繃帶來上學。「妳怎麼了？」我問她。

「我半夜想去喝水，杯子破了，我不小心割到了手。」她這麼回答。

她因為這個無聊的原因，手的握力只剩下三，只好放棄劍道。

即使說笑話給她聽，她也不笑；兔子死了，她也不哭；男生調侃她，她也不生氣。

她總是面無表情。

會不會是我做錯了什麼？

「由紀最近怪怪的，還叫我不要去她家。」

「由紀的阿嬤生病了，把全家都鬧得雞犬不寧。」

當我回家抱怨時，媽媽這麼告訴我。我看過她阿嬤，沒想到她生病了。由紀一定是因為家裡的事太煩心了，所以沒空歡笑或流淚。

那為什麼不告訴我嘛！

只要我夠堅強，或許可以幫她分憂解勞。我要再加把勁……但是，無論我變得再怎麼堅強，她都從來沒有找我商量過任何事，反而越來越面無表情。

但是，沒想到她卻沒有受到任何排擠。

雖然她整天面無表情，臭著一張臉，但很懂得在緊要關頭說句安慰話或是貼心話。班上的同學有時候會說，由紀是個怪胎，但這個「怪胎」代表的是正面的意思。

根本不是這麼一回事，大家都受騙上當了，就像我以前那樣受騙上當了。

中學三年級的秋天，我第一次發生呼吸困難，當我在保健室的被子下瑟瑟發抖時，由紀幫我把書包拿來了。

「妳沒事吧？」

「妳根本就不關心我，反正又會找機會寫我的壞話！」

「我沒有電腦，也沒有手機，才不會做那麼卑鄙的事。」

她伸出握力只剩下三的左手。

「敦子，或許妳覺得自己現在就像是獨自在黑暗中走鋼索，但其實絕對不是像妳想的那樣——我們回家吧！」

我哭了。我哭啊哭，哭啊哭，當我回過神時，發現自己不再顫抖。

原來由紀真的關心我，原來她瞭解我。

只有由紀是我的朋友。

……即使想由紀的事，也無法把稿紙填滿。

我用指尖把自動鉛筆轉了一圈。創校紀念日時，每個人都領到了一枝。無論怎麼看，這枝只有白底綠色校徽圖案的筆都不怎麼起眼，但由紀搞不好可以以這枝筆為題材寫一本短篇小說，比方說……是男友生前留下的遺物之類的。

我看著由紀寫個不停的手，帶著諷刺，向她傳送念力。

寫得這麼認真，小心又被人告狀。

背後可以感受到敦子的視線。她可能又在杞人憂天，以為「由紀可能又在寫我的事」。從今年一月開始，我和敦子之間就有一種微妙的尷尬。我知道其中的原因。因為我寫了〈小夜走鋼索〉。

但是，那並不是我的錯。假設我有錯，也是因為我那天不小心把書包留在學校，忘記帶回家了。說穿了，那也是敦子的錯。

去年六月，高一的運動會前夕，敦子雙腳站上梯子，在操場上掛代表班級的塑膠板時差一點跌下來，結果引發了過度換氣症。當時我正在附近做花飾，立刻從她的運動長褲口袋裡拿出摺好的便利商店塑膠袋，套在她頭上，帶她去了保健室，等她媽媽來接她，才目送她們離開。

我已經習以為常了。

當她們離開後，我才發現敦子忘了帶書包回家。我打算等運動會的準備工作結束後，回家時順便把她的書包一起帶回家，於是把她的書包放在桌上，自己的書包掛在桌旁，結果只帶了敦子的書包回家。因為我們用的是學校規定的同款書包，所以也算情有可原。

為了去敦子家，我必須繞十五分鐘的遠路。我算好可以準時回家的時間，急匆匆地離開了學校，到了敦子家時，才發現自己的書包忘在學校了。那時候，因為我家有「門禁」，所以無法再回學校拿書包。

*

幸好錢包和手機都放在口袋，所以不至於有太大的影響。

直到晚上躺在床上時，我才感到後悔。

書包裡有我寫好的稿子！

我原本打算放學後，去便利商店影印那一百頁用四百字稿紙寫成的手寫稿，所以用夾子夾在一起放進了書包。

算了……反正別人不會翻我的書包，不會翻，不會翻。

我這麼自我安慰。第二天早上，我比平時更早趕到學校。書包仍然掛在桌旁，但打開一看，裡面的稿紙不翼而飛了。

被人偷走了？真是糟透了……

幸好書包裡沒有放任何寫有我名字的東西，但我情願被公佈裸照，也不願意被陌生人看到自己寫的小說。我根本無心參加運動會，只要一有時間，就回到校舍四處找稿子。除了教室、圖書室、電腦室、化學實驗室、烹飪室和社團活動教室以外，我連置物櫃和垃圾桶都找遍了，卻仍然一無所獲。

為了安全起見，我還去找了教職員辦公室。看到打開的電腦、三年級的成績表，以及連我都覺得怎麼可以這麼毫無防備地亂丟的東西，卻仍然沒有找到稿子的下落。

那是我花了多少心血寫的小說！但是，我知道再找也是徒勞，只能作罷了。

我希望那份稿子永遠不見天日。

——沒想到，那篇小說卻以意想不到的方式呈現在敦子眼前。

小夜走鋼索

只要一次跳躍，就足以沒收才華。

到底有多少人意識到，所謂才華，並不是天賜的禮物，只是有期限的出租而已。

至少，十七歲少女小夜並不知情。她會表現出一副「這個世界沒有永遠」，彷彿已經對世界知之甚詳的表情談論友情和愛，卻從未思考過才華和永遠之間的關係。

愚蠢的小夜。

是小夜自己用黑暗籠罩了她的世界。

小夜的世界沒有天明。她只看到腳下唯一的那一根鋼索，不知多高，不知多長，更不知通向何方。

然而，她知道一件事。

一旦踩空，世界就崩潰了。

好可怕。

小夜佇立在原地，耳邊傳來輕輕的腳步聲。腳步聲越來越近。

那是黑暗的統治者，一旦被逮到，就永遠無法逃離這裡。

小夜戰戰兢兢地在鋼索上踏出一步。

小夜開始走鋼索。

**

照這樣下去，恐怕真的會叫我重寫。不過，今年沒有人對我說教，說什麼「敦子，文章是代表自我的鏡子」之類的廢話，我應該就要偷笑了吧！去年的班導師是個三十多歲的大叔小倉，瘦不拉嘰的，看起來很沒有霸氣，卻整天喜歡裝腔作勢地自誇。

你們知道嗎？我當國文老師只是表相，我的真實身分是作家。你們聽過作家〇〇和××嗎？我在讀書的時候，曾經和他們一起辦過一本名叫《虛無》的同人誌。目前，只有我在追求純粹的文學，而不是用文學來換取金錢。

我連手機小說都從來沒看完過，所以也完全沒聽過他提到的兩個作者，但喜歡看書的由紀知道他們。

十一月的時候，小倉獲得某個新人文學獎。

看到小倉那副得意的樣子，我忍不住問由紀：「真的那麼厲害嗎？」由紀告訴我，小倉常提到的那兩個作家也是得到相同的獎後，正式成了作家。對喜歡看書的人來說，那似乎是相當有知名度的文學獎。

難怪他樂壞了，因為他終於追上了他的老朋友。

他得獎作品的題目是〈小夜走鋼索〉。

第三學期的第一堂國語課，小倉感冒請病假。擔任學年主任的阿伯影印了之前刊登在雜誌上的那篇小說開頭部分，發給我們做為自習課題。

只要一次跳躍，就足以沒收才華。

小夜簡直就是我的寫照。

而且，我覺得那不像是小倉寫的。

他說話總是嚕哩叭嗦，簡單的一句話，也可以被他說得拖泥帶水。

聽說最近車站經常有色狼出沒，我們學校有不少學生搭電車上下學，或許有人曾經受害，卻沒有勇氣說出口，整天以淚洗面。為了以防萬一，等一下我會把我的郵件信箱留給大家，假如遇到什麼問題，可以傳簡訊給我。

他說話就是這麼沒有重點，所以，〈小夜走鋼索〉這篇小說的創作者——是由紀。

對了，我記得剛進高中的那段時間，她的手指曾經因為握筆太久而長了繭。

看到最後一行時，我眼前一片漆黑。

小夜開始走鋼索。

——敦子，或許妳覺得自己現在就像是獨自在黑暗中走鋼索，但其實絕對不是像妳想的那樣。

她從那個時候開始，就決定要寫我嗎？

她當時不是關心我嗎？不是只有她瞭解我嗎？

她和那些人根本是一丘之貉。

她當著我的面說得天花亂墜，心裡卻在看我的笑話；班上的其他同學也一樣。她幾乎每天都跑圖書館，看了很多書，所以或許一下子就可以想到安慰的話、貼心的話，但心裡想的根本不是這麼一回事。

……太過分了。

雖然我很怕由紀不理我，但那天放學後，她來保健室接我的時候，我還是鼓起勇氣提起這件事，竭盡所能說得輕描淡寫。

「我覺得〈小夜走鋼索〉不像是中年大叔的文筆，反而像高中女生寫的，好噁哦！」

「──去死啦！」

她咬牙切齒地喃喃自語。

她雙眼看著遠方，這句話、應該不是對我說的吧……繼續追問由紀小說的事恐怕不太妙。

但是，我想看那篇小說的全文。

我去附近唯一的一家書店買那本刊登了全文的雜誌，沒想到已經賣完了。圖書館沒有那本雜誌，我在網路書店搜尋，連庫存都沒有了。之前在學校討論了好一陣子，我問了幾位同學，卻沒有人買那本雜誌。我去向那個把開頭部分影印給我們的阿伯老師借，他說雜誌拿去資源回收了。

雖然小倉當初大肆吹噓，幾乎把自己吹上了天，卻沒想到只是曇花一現。如果我不覺得那篇小說在寫我，也會把它當成過眼雲煙。

無奈之下，我只好直接去問小倉。

「難得妳這麼好學，但很不湊巧，我送了很多給別人，現在手頭上沒有。反正早晚會發行單行本，對高中生來說，雖然價格有點貴，但妳到時候可以買一本回家看。」

小倉不可一世的樣子，喜孜孜地說。

「老師，你的小說是以誰為藍本創作的？」

聽到我的問題，小倉微微挑起眉毛。

「……敦子，可能是妳。」

「啊？」小倉以我為藍本？

「這只是打比方。我日後也會繼續創作這種讓讀者看了以後，覺得在寫自己或是產生共鳴的作品。妳也是看了開頭的部分，覺得很像在寫自己，所以才想繼續看下去吧？」

搞什麼，他只是在打比方。看他志得意滿的樣子，搞不好〈小夜走鋼索〉真的出自他手。不，假設是盜用別人的作品，也許他早就想好這番說詞了。

最後，我還是沒能看到〈小夜走鋼索〉的全文。

小倉今年三月底離職了。他在最後的班會時說：「我希望專心當作家。」但班上幾乎所有人都知道是另有原因。〈小夜走鋼索〉至今仍然沒有出版，應該永遠都不會問世了。因為，小倉已經不在人世了。

在四月的歡送會上，得知他在春假時車禍身亡。雖然不知道是什麼車禍和其他詳情，但我想起了由紀的喃喃自語。

去死啦……

——下課鈴聲響了。

「把心得從後面往前傳。」班導師說。

最後，我還是只寫了兩成。大家都寫得密密麻麻的。是不是該把電影大綱也寫上去？有的人還畫了圖形文字。對哦，可以當成在發簡訊。如果只有我一個人要重寫怎麼辦？我還得要補體育課呢！

——由紀，妳會和我一起吃午餐吧？

＊

不到一百個座位的狹小學生餐廳內，被下午要參加社團活動的學生占走了不少位子，我們好不容易在角落找到了三個人的座位。我、敦子和——紫織。

我排的咖哩飯隊伍很快就輪到了，敦子和紫織排的漢堡焗飯卻大排長龍。她們有說有笑，聊得很開心。這不干我的事，但我討厭敦子每次發出笑聲後，就回頭看我一眼。難道她以為我會心生嫉妒？

當初希望和敦子之間有一個緩衝。

紫織適時出現了。

她在二年級時轉入我們班，班上沒什麼人理她。或許是因為沒有重新分班的關係，一年級時形成的小圈圈都不希望有新的成員加入。況且，她本身就有一種奇妙的陰森感覺，讓人無法輕鬆和她攀談。

不久之後，才知道她是從黎明館高中轉來的。上數學課，她不費吹灰之力解答了數學難題，擔任學年主任的老師忍不住說：「不愧是黎明館的學生。」她為什麼要從名校轉來這種名不見經傳的高中？其中一定有隱情。我只是想知道原因。

要不要和我們一起吃便當？

我用這種了無新意的方式向她打招呼。之後，紫織會不時加入我和敦子，但我仍然不知道她轉學的原因。

她們終於端著熱騰騰的漢堡焗飯回到了座位，我的咖哩飯都已經冷了。

「對不起，讓妳等那麼久。」紫織說。

「早知道妳也應該吃漢堡焗飯。」

敦子一坐下，就拿起湯匙搗爛了半熟荷包蛋的蛋黃。濃稠的蛋黃和白醬淋在漢堡上令人垂涎，但我絕對不會要求讓我嚐一口。

「妳暑假有什麼打算？」

敦子問紫織。

「暑假我要去東京的親戚家，我不想留在這裡……」

「要去東京哦！真羨慕。」

敦子誇張地表現出羨慕的樣子，卻不問我的暑假計畫。她應該希望我問她，但我死也不會問。

「紫織，妳覺得今天的電影怎麼樣？」我改變了話題。

「很感人，但不夠催淚，我的感想幾乎交了白卷。」

「我也一樣。由紀雖然沒流眼淚，但感想寫得滿滿的。」

敦子酸溜溜地插了嘴。

我知道敦子寫不出什麼內容，她只是跟著別人有樣學樣而已，並沒有真的深受感動。她既缺乏補足的想像力，也不具備足夠的詞彙，無法用各種不同的方式表達僅有的一點感動。但是，我不相信紫織也寫不出感想。

妳一定是故意的。

「故意的？」

紫織露出困窘的表情笑了笑，然後將視線移向人潮漸漸散去的四周，沉思片刻後，輪流看著我和敦子，壓低了嗓門問：

「妳們有看過屍體嗎？」

是指「站在我這邊」（Stand By Me）那部電影嗎？

紫織看到我們默不作聲，繼續說了下去。

「我在想，看了今天的電影能夠哭出來的人，應該沒有接觸過死亡；正因為日常生活中無法接觸死亡，才會輕易和主角產生共鳴，不假思索地流下了眼淚。我想，這件事應該可以告訴妳們。」

紫織把視線從我們身上移開，開口訴說起來。

「我轉來這所學校後，雖然很高興妳們和我做朋友，但其實也有點難過。妳們兩個人不是很親密嗎？不瞞妳們說，我以前也有過這樣的好友。

「那是我進黎明館後，第一個跟我說話的女生。我們很有默契，經常很納悶為什麼我們的想法那麼一致。我們想了很多有趣的事，每天都樂此不疲……她家住得很遠，父母為她在學校附近租了一個房間，我也常去她那裡住。我們經常聊到天亮，上課遲到，結果被大人罵得半死，但我們根本不在乎。我們無話不說，我覺得她是我最好的朋友。

「但是，似乎只有我這麼覺得而已。

「今年二月，她無故曠課。即使她沒有和學校聯絡，也絕對會打電話給我，所以班導師一大早就來問我。我立刻傳簡訊給她，但她沒有回我；我打了電話，她也不接。我非常擔心，就衝去她住的地方查看。

「按門鈴沒有人應答，我用備用鑰匙打開了門，一進門，就聽到淋浴的聲音。原來她在洗澡，那我來嚇嚇她。我咚咚敲了敲浴室門，但是，完全沒有反應。

「我覺得不對勁，然後就突然害怕起來，兩隻腳不停地發抖，但我還是鼓起勇氣打開了門，發現她倒在浴缸裡。她用剃刀割腕，血流滿地，臉色慘白。我雖然不知道眼前發生了什麼狀況，卻深深感受到她已經不在那裡。

「雖然她的軀殼出現在我眼前，但可以知道她已經不在那裡。這才是真實的死亡。

「所以，我即使在看電影的時候也哭不出來。無論演死亡演得再逼真，都知道那個人其實還在那裡，妳們能體會這種感覺嗎？哦，妳們不必勉強回答我這個問題。對不起，和妳們聊這些，但我覺得看了今天的電影也沒辦法哭出來的由紀，和沒有用一些廉價詞彙寫感想的敦子，妳們應該能夠瞭解。」

沒想到她會在午餐時間、在學生餐廳吃飯時告訴我們這些事。原來「隱情」就是她的朋友自殺？

紫織的話也震懾了敦子。

「紫織，原來妳曾經遭遇這些事，妳一定很難過吧！所以才會轉學……她為什麼自殺？」

這個問題未免也太直接了，但我也很想知道。

「不知道。我最痛苦的就是我不知道原因……妳們要不要看這個？是她的遺書。」

紫織拿出手機，出示了一封她收到的簡訊。敦子也探頭看著，但中途就放棄，因為簡訊內容太長了。一長串抽象的內容，可以從字裡行間嗅到她在學校受排擠，卻隻字未提關鍵的自殺原因。最後一句是這樣寫的：

繼續活下去似乎有點難。我要重新啟動。再見。

我沒有闔起手機，直接將手機還給了紫織，突然發現收到簡訊的日期是三月。

「她明明二月就死了，是不是很奇怪？其實是她死後不久，她媽媽發現她手機裡的這封簡訊沒有寄發，所以就寄給我了。既然打了這麼長一封簡訊，為什麼不寄給我？那樣的話，我就可以馬上趕到……」

紫織沒有把話說完，抬頭仰望著天花板，雙手緊握手機，似乎忍著淚水，不讓它流下來。明明想哭卻強忍淚水的身影，比哭泣更能夠營造出悲傷的感覺……是這樣嗎？

「好可憐哦……」

敦子拿出縐巴巴的手帕按著眼角。

可憐？我原本也有這樣的感覺，但聽著聽著，覺得似乎不是這麼一回事。紫織不是在為好朋友的死感到悲傷，而是對這樣的自己沉醉不已……

我告訴妳們哦！我的好朋友死了耶！我正在努力走出傷痛。我瞭解什麼是真正的「死亡」，所以，我和其他人不一樣。我和妳們不一樣。

我似乎可以聽到她的心聲。這是在——炫耀吧？

……但說句心裡話，我有點羨慕她。為什麼呢？

雖然沒有比炫耀自己的不幸更無恥的事，但如果非得這麼做，我有足夠的自信，絕對不會輸給紫織，但是，紫織會感到羨慕嗎？

「對了，我也想問妳一件事。」

她用閃著淚光的雙眼看著我。

「……什麼事？」

「妳左手上的傷痕是怎麼回事？」

「這個嗎？」

我把左手放在眼前。手背正中央有一道橫向貫穿整個手背的疤痕，宛如一條紅色的蚯蚓。

「這是我阿嬤……不對。」

「妳不說也沒關係，不必勉強。妳也曾經歷過痛苦的事，我可以感覺出來……」

她用食指輕撫著我難看的疤痕，自我陶醉地嘀咕著。某種情緒突然爆發了，我怒不可遏。

妳懂個屁！那種像地獄般的生活，妳怎麼可能懂?!別以為自己看過屍體，就一副好像什麼都懂的樣子！

……但是，我沒有看過屍體。

我想看——我想看屍體。不，紫織只是看過屍體，我想要看人死去的那一瞬間。紫織看到的是她的好朋友，那我也不能輸給她，必須是我周遭的人。

——誰呢？

我瞥了一眼敦子，她呆呆地望著我。

**

下午一點，我準時去了體育老師辦公室，但老師去校外吃午餐，還沒有回來。一定因為是我，老師一定覺得讓我多等一下沒關係。

其他老師說他應該馬上就回來了，於是，我坐在辦公室的沙發上等待，卻閒得發慌。由紀去了圖書館吧！可能仍然和紫織在一起。如果她們說我的壞話怎麼辦？

兩個人的時候，覺得如果有三個人更好，因為即使兩個人之間的氣氛有點尷尬，第三個人還可以居中協調。但是現在變成三個人之後，就又覺得還是兩個人比較好。

中學的朋友比小學多，高中的朋友比中學更多，雖然交友的範圍更廣了，但對我來說，似乎不是變得更廣，而是變得更淡薄了，就好像可爾必思的量沒有改變，只是水越加越多了。真擔心我以後的人生會不會越來越淡，變成有一股怪味道的水。

當初是由紀建議邀一個人吃便當的轉學生紫織加入我們。自從〈小夜走鋼索〉問世之後，我越來越搞不懂由紀，所以很希望我們之間多一個朋友，沒想到由紀會主動提出這個建議。這讓我覺得她似乎對我感到不滿，她似乎完全不知道我們之間的尷尬是她造成的。

我原本希望只有我們兩個人……

而且，由紀上個月交了男朋友。她在圖書館抱了一大堆書，不小心掉在地上，那個男生幫她一起撿書，就這樣認識了。即使是少女漫畫，現在也不會用這種老梗了，但是，這種事就是會發生在由紀身上。

因為她左手的握力只剩下三，右手則是二十。她看到有興趣的書，就用右手抽出來，不斷放在左手上，左手終於無法承受。在這種情況下救美的英雄，除非長得像恐龍，否則絕對可以順利發展。由紀一定會說一些言不由衷的話，讓氣氛變得更好。

左手的疤痕……那不是她半夜想要喝水時，不小心打破杯子割傷的嗎？

直到今天，我一直以為是這麼一回事，沒想到她卻告訴紫織說「是我阿嬤」。是她阿嬤造成她受了傷。我猜想，這才是實話。

由紀應該無法瞭解我剛才的心情。老實說，這件事比〈小夜走鋼索〉對我造成的打擊更大。

為什麼由紀不願對我說實話？

因為我總是說一些無聊事？我只會聊LIZ LISA或是零食的事，但紫織說出了她朋友自殺的事，所以她覺得了悟死亡的紫織或許能夠理解嗎？

死亡到底是什麼？即使大家都討厭我，我仍然覺得總比死了好。話說回來，我向來覺得「死」是用來罵人的「字眼」，無法具體想像，所以並不清楚到底哪一種情況更好。如果我知道的話……不曉得還會不會這麼認為。

了悟死亡。

像紫織一樣親眼看過屍體……

「敦子，讓妳久等了。」

一位五十多歲的老師走了進來，就是找我的那個體育老師。他嘴裡咬著牙籤，完全沒有歉意。

「關於體育課的補課，妳要不要趁暑假去做義工？」

「義工？要做什麼？」

「去老人安養院幫忙一些簡單的事。學生會不是和某家老人安養院交流嗎？那裡的一名員工突然離職了，所以希望我們學校可以派短期義工。就算是補了這一個學期的缺課。」

這是在惡整我嗎？上體育課時，我並不是蹺課，而是激烈運動會讓我無法呼吸，只能坐在旁邊看。難道這個沒有大腦的阿伯不知道傻傻地坐在那裡比在操場上跑來跑去更痛苦嗎？

但是……

老人安養院應該有很多體弱多病的老人，搞不好可以看到屍體。看屍體，了悟死亡，那裡簡直是再適合不過的地方了。也許是天賜良機。

「我去。」

「妳真果斷。要不要找妳的好朋友一起去？第一學期的體育課是以田徑為主，第二學期就要以球類為中心，到時候，她就沒辦法上了吧？要不要先把課補起來。」

「……我想，認定她沒辦法打球，她可能會不高興。」

「真不愧是她的好朋友，妳說得有道理。那我就幫妳一個人申請。」

「什麼？只有我而已？」

「原本他們只要求一、兩名義工，既然由紀不去，妳一個人就夠了。」

我還以為是像學生會平時的公益活動，都是五、六個人一組一起去，所以我不希望由紀參加。沒想到只有我一個人，我行嗎？

但是，我必須搶在由紀前面了悟死亡，否則，就沒意思了。

*

爸爸、媽媽和我三個人坐在桌前吃晚餐，但是，幾乎沒有人說話，因為我們已經忘了家人歡聚一堂的感覺。三個月之前，在廚房隔壁的房間內，早餐時間要開「朝會」，晚餐時間還要開「返家會」。

「這個月的目標是打招呼。各位同學，要大聲、有精神地……」

阿嬤繼續訓示，我們充耳不聞，繼續低頭吃飯。這已經成了我家這幾年的習慣。

在我剛升上小學五年級時，家裡出現了變化。

有一天，我放學回家時，看到阿嬤穿著套裝。阿嬤已經退休了，好久沒看她穿套裝，我以為她要出門，就沒理會她，直接走進房間，突然背後一陣刺痛。

我回頭一看，發現阿嬤怒氣沖沖地瞪著我，手上拿著她以前當老師時不離手的竹鞭，足足有五十公分長。

「藤岡，對長輩怎麼可以沒禮貌！妳老毛病還是改不了，只不過功課好一點，就目中無人。」

阿嬤繼續滔滔不絕，我只能呆呆地聽著。

是因為我沒有說「我回來了」嗎？……但藤岡是誰？……

那是曾經當了多年小學老師，經過不為人知的刻苦努力，終於成為校長的阿嬤癡呆的開始。

剛開始時，她每隔兩、三天就發作一次，把家裡的某個人當成她以前的學生（她每次都說我是藤岡），喋喋不休地說教，或是用教鞭打人，偶爾也會稱讚。漸漸地，她變回了受到其他老師尊敬、手握大權時的自己，沒有再變回來。

阿嬤原本就對時間很嚴格，認為凡事提前五分鐘是理所當然的，自從她變癡呆後，更是變本加厲。據說人類的智能有結晶性和流動性兩種，有些癡呆症的老人可以記得德川家歷代將軍的名字，卻忘了剛才已經吃過飯。這不是他們在惡搞，而是要記憶這兩件不同類型的事，需要的是不同性質的智能。

由此可以分析，阿嬤腦袋裡的規則和規律之類的東西，已經跟時鐘黏在一起了。無論起床、吃飯或每個人的門禁時間，如果不提早五分鐘完成，她手上的教鞭就會飛過來，根本不容別人解釋。她手上的教鞭會不停地打在背上和手上，直到她認為你已經反省了。越是和她頂撞，越會沒完沒了。只要乖乖受罰，被她打三、五下就結束了，所以，只要默默忍耐就好。

阿嬤身材這麼嬌小，即使用教鞭打人，也不至於把整個家弄得雞飛狗跳。這句話出自住在我家十五分鐘車程之外的阿姨之口，但當拜託她照顧阿嬤一個星期時，第三天晚上，姨丈就把阿嬤送了回來。

要是繼續住在我們家，我會小命不保。

姨丈的額頭上貼了一張很大的ＯＫ繃。

既然這樣，就送去安養院吧！爸媽向市公所申請後，遭到斷然拒絕，因為我們身上並沒有傷痕。

即使隔壁房間不再有聲音，大家仍然靜靜地吃飯，各想各的事。不，我不知道爸爸和媽媽在想什麼，但我在這個家的時候，心卻不在這裡，早就飛到了遙遠的世界。

＊＊

刷完牙，告訴媽媽我已經洗完澡後，我回到了自己的房間。家裡每天都是我最先泡澡，接下來才輪到爸爸和媽媽。以前是因為我練習劍道，每天回家時都滿身大汗，漸漸養成了習慣。但在放棄劍道後，我也不想用爸爸泡過的洗澡水泡澡，我怕身上會沾到大叔的味道，洗澡根本失去了意義。

可是，我喜歡爸爸。

吃晚餐的時候，我告訴爸媽自己要去老人安養院當義工，做為體育課的補課。我家吃飯時會關上電視，大家圍在餐桌旁吃媽媽精心製作的美味佳餚，分享一天發生的事。

媽媽有點生氣地說：「妳沒辦法上體育課又不是妳的錯。」但爸爸表示贊成說：「參加公益活動是好事。」

爸爸還說，家裡老一輩的人都很早就過世了，敦子沒有機會和老年人接觸，這剛好是個理想的學習機會。而且，幫助別人可以增加自信。

媽媽聽了，也表示贊同。我缺少的是「自信」嗎？我以為我和別人沒什麼兩樣，難道別人看出我整天都提心吊膽的嗎？我那麼努力學大家，努力讓自己表現得更開朗、更加開朗，還是被人看穿了嗎？

不過，應該只有爸爸、媽媽和由紀看清了真相。如果班上所有的同學都知道了，一定會在網站上寫我的壞話。

每天睡覺前開電腦看「校園社群網站」是我的習慣。

「聽說S老師的兒子的親生父親是副校長。」

「M老師有戴假髮，每天都發佈暴風警報！」

「K已經懷孕四個月，如果暑假不去墮胎就死定了！」

我知道S、M和K是誰，也大致可以猜出是誰留的言。因為她們午休時也都在討論這些事。雖然明知道她們是在惡整別人，但當這些人的臉龐浮現在腦海時，就會覺得搞不好S老師真的和副校長外遇，M老師戴的是假髮，K懷孕了。

況且，有時候這些留言中也會有幾則真實的內容……

「A子在比賽時跌倒了，所以和全國比賽說拜拜囉！」
「A子說她推甄上了，得意個屁啊！」
「這種人只顧自己，超賤的。」
「賤人，賤人，賤人！！」
「如果是我，早就愧疚得想去死了。」
「A子死了？」
「A子還沒死哦？」
在中學最後一次縣賽團體決賽中，以二比二的成績爭取冠軍時，我輸了。對手午餐不知道吃了什麼，嘴裡一股大蒜味，我從比平時更遠的間合跳了起來，沒想到身體失衡，被打中護具小手，整個人跌倒在地，扭傷了腳。我還來不及扳回一城，時間就到了。
敦子，不是妳的錯，妳千萬別放在心上。
所有隊員都來安慰我，當時，我還覺得大家真窩心——
在我放棄劍道、也放棄了推甄後，校園社群網站的佈告欄上有關「A子」的內容立刻銷聲匿跡。我做對了這件事。我才不希望因為劍道和讀好學校而惹大家討厭。
當我得知其他隊員考上了黎明館高中時，第一次出現了呼吸困難。
如果當時我自殺，那些同學不知道會有什麼反應？

自從新聞報導說，有高中生因為有人在校園社群網站上散佈謠言而鬧自殺後，老師搞不好也會看這個網站，那些人還敢大剌剌地寫別人的壞話，實在也太有勇氣了。

我曾經在校園社群網站上留言過一次，那次我實在是太生氣，沒有多想就去留言了，但第二天早上就坐立難安。明知別人不可能知道是我寫的，卻怕遭人報復，嚇得不敢再去看。之後，有整整半年沒上那個網站。

看看就好。看看別人的笑話，只要沒有人寫自己的事，就會感到安心，然後就可以安心入睡。

不知道這算不算網路中毒？如果算的話，全校所有的人都中毒了。

我希望自己可以不在意校園社群網站。

由紀上高中之後有了手機，但她應該不會用手機上網去偷看校園社群網站。即使偶爾去那個網站，發現別人寫她的壞話，她絕對不會去迎合那些寫她壞話的同學，也不會沮喪，更不可能自殺。

她一定表現得若無其事，思考怎麼以牙還牙。

由紀很堅強。

即使被人在校園社群網站上說壞話，至少比死好多了。但是，會有這種想法，是因為不瞭解「死亡」。

我也要更堅強。

為此，我必須了悟死亡。

＊

回到房間，只剩下自己時，我不由得想起了紫織的話。

我從來沒有向任何人提起受傷的真正原因，今天卻差點說漏了嘴，因為死亡的故事太令我羨慕了。

我希望看到周遭的人死去的那一刻。

我最希望阿嬤死。我曾經好幾次希望她快死，在新年去神社拜拜時，也曾經向神明許願，希望死神今年一定要把阿嬤接走。不，我甚至想親手送她上西天。

但是，阿嬤死不了。每次她得了老人常見的病，我就充滿期待，心想這次八字總算有一撇了，沒想到幾天之後，她又活了過來，好像根本就沒生過病。每次我都被推入失意的深淵，我早就對阿嬤的死不抱希望了。

而且，我現在根本不想和阿嬤有任何瓜葛。

周遭的人。如果爸媽死了，對以後的生活造成的影響太大。至於敦子……我不願去想這個問題。

紫織接觸到的死亡是自殺。如果我也想接觸相同的死亡，最快的方法，就是去自殺網站研擬作戰方案。但是，我希望避開自殺。

因為沒有比自殺更無聊的死亡了。

那些缺乏想像力卻自認為富有知性的人才會自殺。他們以為自己想像的世界是一切，因為感到絕望，所以選擇走上死亡之路，未免也把事情想得太簡單了。

比起這種人的死亡，我更想看著那些想要繼續活下去的人、那些貪婪的人死去。

啊，這個人應該還不想死，不知道他描繪的世界是怎樣的世界？……不知道哪裡有這種可以激發我無窮想像的死亡。

思考這個問題太麻煩了，還不如看書。我在放學時順便去了圖書館，借了那個據說是小倉朋友的作家新出版的書。

小倉就這樣車禍身亡，實在太遺憾了。不知道是否因為他家人的要求，報紙上並沒有刊登這則新聞。我原本還打算等他出名之後，再揭露他盜用的事。

這是什麼？

書裡除了借書卡以外，還夾了一張看起來是手寫的廣告單。

招募朗讀志工。

淺藍色的紙上印著手寫的文字。

喜歡看書的你，願不願意為其他也愛閱讀的朋友朗讀呢？

名為「小鳩會」的團體在暑假期間招募志工，為小孩和老人朗讀書籍。服務地點是本市的老人安養院、S大學附屬醫院小兒科病房，還有其他的地方。

小兒科病房——以S大學附屬醫院的規模，應該有許多病情嚴重的孩子。罹患不治之症的少年，就像今天電影演的……

參加這個團體怎麼樣？

當志工認識的小朋友，在建立某種程度的交情後，就可以算是自己周遭的人，即使他們死了，也不會對我的生活造成影響。

但我會朗讀嗎？雖然我可以讀得很流利，但我對自己的笑容完全沒有自信。如果像打工一樣需要先面試，我絕對會被刷下來。

不然來練習一下怎麼笑好了。不，不必擔心這個問題。如果是為小孩子朗讀，可能會讀那些民間故事，民間故事通常不需要配合笑容。像是「蟹猴大戰」或「咔嚓咔嚓山」之類的故事，如果面帶笑容朗讀，反而會讓人害怕吧！

宣傳單上留了小鳩會負責人岡田的手機，可以向這個人報名參加。那我星期一就打電話試試……

看到那些相信還有很長的未來、對未來充滿夢想和希望、比我年紀更小的孩子死去的那一刻，不知道我是怎樣的心情。

我會想像自己回到那個年紀，想像如果自己的人生在那裡畫上句點會是怎樣的感覺，然後覺得在死亡面前，那種如同地獄般的生活根本不足掛齒嗎？即使不必告訴自己世界很寬廣，也能夠體會眼前的世界更加美好嗎？

到時候，我會把自己接觸到的死亡在別人面前炫耀嗎？

原本沒有任何安排的暑假出現了意想不到的大目標，讓我充滿期待。

第二章。

七月二十七日（一）

＊＊

終於看到了。

老人安養院「銀城」。這棟白牆紅屋頂、充滿童話色彩的建築物去年完工，彷彿是童話世界的森林中出現的城堡。

我想起之前班上那票愛玩的同學中有人說：「我還以為那裡是汽車旅館，沒想到是老人安養院。」搞不好就是指這裡。

只是，沒想到路途這麼遙遠。

雖然是暑假，我仍然像平時一樣七點起床，八點出了家門。從家裡走到車站七分鐘，搭了二十分鐘電車，又在車站前轉搭二十分鐘公車，從山麓的公車站沿著沒有鋪柏油的道路一路走上半山腰。

雖說沒有規定服裝，但畢竟是補課，所以，我帶了運動服塞在包包裡，身上穿著制服，但可能不應該穿皮鞋。

學校給我的地圖上寫著：「從公車站走路十分鐘」，但我已經走了二十分鐘。

是因為我走得比別人慢嗎？平時上學或放學時，由紀從來沒有抱怨我走得慢……我猜想是老人安養院的簡介之類通常為了強調交通方便，故意寫得比較近。

早知道就邀由紀一起來了……

我一個人果然不行。好想回家，但是……

口乾舌燥，但周圍空空盪盪，沒有超商，沒有自動販賣機，就連不起眼的商店也沒有。連我這個十幾歲的年輕人都走得氣喘如牛，那些一隻腳已經踏進棺材的老爺爺、老奶奶即使寂寞得要命，想要逃離這裡，恐怕也會在走到公車站之前就歸西吧！

不，也許就是為了這個目的，才把老人安養院建在山上。被拋棄的人聚集的地方……搞不好格外有氣氛。

雖然我提早出門，沒想到在指定時間十點準時走進老人安養院。

進門後，我在右側的事務室櫃檯前自報姓名，櫃檯的人很快幫我找來負責的窗口。學校似乎已經和這裡聯絡過了。

這裡真的是老人安養院？

挑高的天花板、水晶吊燈、觀葉植物、舒服的沙發……走廊遠方，還有一個穿著扶桑花夏威夷衫的老爺爺，簡直就像是旅遊節目看到的觀光飯店。

但是，有一個決定性的不同。

——這裡有一股臭臭的味道。如果冰箱裡的魚肉有這種味道，絕對會拿去丟掉。就是這種怪怪的味道，難道一隻腳踏進棺材的人身上會發出這種味道？

「妳有聞到味道嗎？」

我的心臟差點停止跳動。身後突然響起一個聲音，而且說中了我正在想的事。萬一才剛見面，對方就覺得我很差勁怎麼辦？……

回頭一看，一個三十多歲、滿臉嚴肅的阿姨站在我身後，胸前別了一個寫著「大沼」的塑膠名牌。

「我是組長大沼，先去裡面的房間向妳作一些簡單的說明，妳跟我來。」

她對我假日前來，或是來這麼遠的地方沒有半句安慰，說完之後，就轉身大步地走向走廊。

——這時，在走廊另一端的夏威夷衫老爺爺微微搖晃了一下。

砰！走廊上傳來一聲巨響，就像豎在牆邊的榻榻米倒下時的聲音。矮小的老爺爺就像活動玩偶的發條鬆了一樣慢慢停止動作，猛然倒在地上。所以，他很重嗎？

大沼阿姨已經趕到「阿囉哈」面前。

她向旁邊看起來像照護師的人發號施令，兩人合力把阿囉哈抬進了一個房間。

這裡是醫務室嗎？當我走到那個房間門口時，大沼阿姨一臉鎮定地走了出來。

「剛才那個人沒問題嗎？呃，我不能跑，因為呼吸的節奏會亂掉……哦，不過走路完全沒問題，硬要跑的話，慢慢跑應該還好。」

我為什麼要辯解？

「別擔心，萬一發生狀況，可以馬上叫職員來處理。」

大沼阿姨再度在走廊上邁開步伐。她的背影似乎在說，本來就沒指望妳能幫上什麼忙。難道不是你們拜託學校找義工的嗎？

我為什麼要來這種地方？

……為了看別人死亡。只不過是聽到有人倒地的聲音，有什麼好害怕的？

大沼阿姨在掛著「所長室」牌子的房間前停下了腳步。

＊

朗讀志工「小鳩會」的負責人，一個姓岡田的女人約我十一點在車站前的咖啡館見面，說要順便討論一下。

還有十分鐘。

應徵動機如果寫「想看到周遭的人死去」恐怕會讓人覺得我道德敗壞，所以我在打電話前，準備好「想藉由暑假這段自我充實的時間學習和他人相處，學會體諒他人」這番說詞，沒想到我只報上姓名、學校和電話號碼，她就同意我參加了。

搞不好是自由加入的團體。

他們每週一、週二去S大學附屬醫院，週三、週四去公民館，週五去本市的老人安養院。我打電話去的那天是星期三，所以她問我星期五要不要去？但我最不想去的就是老人安養院。

因為我還有其他事，可不可以只參加週一和週二的活動？當我這麼問時，她回答說，妳想什麼時候參加都可以。

這個團體沒問題吧？

話說回來，如果不實際瞭解一下，什麼事都做不了。反正目前正在放暑假，有的是時間。

我正準備走進咖啡館時，一個從剪票口出來的歐巴桑叫著「等一下～」，臉上帶著噁心的笑容跑了過來。她臉上抹了厚厚的粉，體態臃腫，肩上掛著一個大袋子。

「我是岡田，妳是打電話給我的櫻井吧？」

她露出沾到鮮紅色口紅的門牙探頭看著我。我被她渾身那種好像在威脅我「妳也給我笑一個」的歐巴桑氣勢打敗，忍不住後退三步，向她自我介紹。

「我是櫻宮高中的櫻井由紀。」

走進咖啡館，她說雖然時間還早，還是先吃午餐吧！然後，沒問我的意見，點完今日特餐的炒烏龍麵套餐，就滔滔不絕地說了起來。

首先，小鳩會是從事哪些活動的團體？打電話的時候我就隱約感覺到了，果然是「阿門」的團體。

「——派，妳聽過嗎？」

我聽過天主教和摩門教，但第一次聽說岡田口中的那個教派名。她夾雜了不少外來語和一大堆費解的詞彙，嚕哩叭嗦地向我解釋了半天。簡單地說，這個教派的信念就是：即便是十惡不赦的大壞蛋，只要跪在上帝面前，就可以被接納。

她連續說了好幾次「寬恕」這個字眼。

我對小鳩會並沒有興趣，只要達到目標，就會向你們說拜拜，所以我不打算涉入太深。

吃完白飯和炒烏龍麵這種只為了填飽肚子的碳水化合物配合的正餐，冰咖啡送上來時，她才開始聊朗讀的事。

朗讀給小孩子聽的書都用教會圖書室的書。非信徒的人朗讀時，則唸岡田挑選的書。

「要朗讀耶穌的生平故事之類的嗎？」

「哎喲，妳可別誤會，我們朗讀的目的不是傳教，而是讓孩子感受到書本的樂趣。應該有很多妳熟悉的童話和古代民間故事。」

那我就放心了。

「妳能夠加入我們，真是幫了大忙。」

今天只有我和岡田兩個人。在小鳩會登記的朗讀志工總共有十幾個人，通常都是三人一組輪流，但大部分都是家中有小學生或中學生的家庭主婦，剛放暑假的這段時間通常都很忙碌，抽不出時間參加活動。

——說到這裡，岡田突然停了下來，呼嚕呼嚕地吸著冰咖啡，眼睛朝上盯著我的臉。

「妳都沒笑。」

「有什麼需要笑的地方嗎？」

「……也對，時下的孩子如果沒有好笑的事就不會笑。」

她說著，重重地嘆了一口氣。

她到底對什麼不滿意？的確，她從見到我的那一刻開始，臉上就擠出很像拍照時對著鏡頭露出的假笑，但這並沒有讓我對她產生好感。

所以，她的笑容毫無意義。

「算了，沒關係，但在小孩子面前記得要面帶笑容。」

岡田說著，臉上再度掛起笑容。她的牙齒卡到海苔不會難過嗎？事到如今，如果她叫我「回去」，我也很傷腦筋，只能偏著頭，微微揚起嘴角。

「對，對，這個表情很棒。嗚呵呵！我相信妳很快就會和孩子們打成一片。而且，現在是暑假，所以我準備了特別節目。」

「是什麼？」

「敬、請、期、待。嗚呵呵！」

笑聲通常都用「啊」或「哈」的搭配來表達，這是我第一次聽到有人在笑的時候，明確發出「嗚呵呵」的發音。

岡田沒有多談特別節目的事，繼續向我介紹小鳩會的其他活動——每月一次的市集，以及在市集上很受好評的小餅乾和磅蛋糕的製作方法。

我來這裡，並不是想聽妳囉嗦這些事，我想要看別人死去的那一刻。

我想像著坐在我面前的岡田突然心臟病發作的情景。

黏在她臉上的笑容一下子變成痛苦的表情，她露出沾到海苔的牙齒，口吐白沫……完全沒有美感。

無法產生任何感想的死亡。

雖說能夠以岡田的死為題材，像紫織那樣假裝頓悟了某些事（當事人應該以為自己真的頓悟了），談論生死的問題。如果寫成文章，應該更有發揮的空間，但是歸根究柢，這和電影或小說的感想一樣，只是我的想像力所創造的產物。

我想要見識超越想像的現實，如果必須靠想像補充現實，根本死得毫無價值。

不過，也許真的需要某種程度的表演。

必須找到能夠在最後一刻表演得很精采的人，在最後一刻表演得很精采，才能讓死亡的瞬間變得精采。對象要慎選，演出要認真，必要的話，或許可以讓岡田扮演配角。

配角候補岡田口沫橫飛地談論著國家的年金和醫療問題，她說都是撒旦造成的。我在心裡暗想，如果凡事都可以把責任推給撒旦，那些政客的日子就會過得很輕鬆。這時，岡田話鋒一轉，說那些幹盡壞事的政客都是披著人皮的撒旦。

她活在自己的世界裡。原來只要稍微偏離日常生活，就可以遇到這種人。雖然我無法產生共鳴，但岡田並不是另一個世界的人，她和我生活在相同的世界，而且離我很近。儘管邂逅這種人沒什麼價值，但也無害。

不，對敦子那種類型的人來說，岡田搞不好就變得很危險。

對了，她發簡訊給我，說她忙著補體育課。她到底在忙什麼？

「本院所有工作人員皆致力提供令人放心的服務和熱心的關懷，讓住在這裡的人能夠健康而充實地生活。草野，希望接下來的兩個星期，妳也可以把這裡當成自我學習、成長的地方。」

＊＊

所長室內，一個五十多歲、看起來很親切的所長激勵了我一番後，遞給我一個寫著「草野」的手寫名牌。這裡的職員好像都要戴名牌。雖然只是普通的名牌，但我很開心。

走出所長室後，大沼阿姨帶我到處參觀了一下。

這棟三層樓建築的一樓有事務室、所長室、醫務室、體能訓練室，還有員工休息室。附近的K醫院會派醫生和看護，輪流在剛才阿囉哈被送去的醫務室內為老人看病。我這才想起搭公車來這裡的途中，有一個車站的站名就是K醫院。

二樓和三樓都是居住空間，目前有一百名老人入住。房間有四人房、雙人房和單人房三種，每個房間都住滿了，聽說還有不少人排隊想要住進來。

二樓還有餐廳、聊天室和不同功能的浴室，三樓有聊天室、多功能活動室和小禮堂。

走過餐廳前時，聞到一股湯的味道，是早餐的味噌湯嗎？中午會在員工休息室吃這裡的供餐，我嚥得下這裡的老人餐嗎？

更重要的是，我能夠順利餵食他們嗎？

昨天晚餐時，媽媽說，老人安養院的菜色可能以煮得比較爛的麵類為主，所以特地做了涼麵，陪我一起練習，沒想到出乎意料地困難。即使把麵條切成自認為合適的長度後送進媽媽嘴裡，卻卡進了喉嚨，才餵了第一口，媽媽就噎到了。如果是老人家，搞不好會送命。

雖然我想看屍體，但如果我失手殺了人就一點都不好玩了。我必須加油。

參觀結束後，大沼阿姨叫住了一個身穿深藍色工作服、正在掃樓梯的三十多歲大叔，把我介紹給他。

那個大叔姓高雄，中等身材、不胖也不瘦，有點駝背，屬於那種沒有特徵的長相。他就像是外國電影中出現的日本人，典型的大叔樣子。他始終低頭看著黏了一堆頭髮和灰塵的拖把，雖然是個大男人，但從他身上感受不到任何霸氣，也無法讓我產生像對大沼阿姨那種必恭必敬的態度。

叫他大叔就行了。

聽說大叔轉行進入這個行業，從今年春天開始在這裡工作，目前正在努力用功，準備考照護師的證照，在這裡的工作以打雜為主。我的工作似乎是協助這位大叔。

我以為老人安養院的義工要幫忙餵飯或協助老人洗澡之類的，原來這些直接和老人接觸的工作，都由有照護師證照的人負責。

雖然有點洩氣，但既然不直接和老人接觸，就不必擔心會不小心失手把他們送上西天。

「請多關照。」

第一印象最重要。我帶著燦爛的笑容向大叔打了招呼，沒想到大叔連看都沒看我一眼，小聲嘀咕了一句：「妳好。」他看我哪裡不順眼？衣服嗎？我今天穿的是制服。髮型嗎？我的是很普通的短髮，也沒有化妝。難道是說話的方式？

如果換成由紀，或許會恭敬地對他深深鞠躬說：「我會盡全力加油的，請多指教。」如果是班上的其他同學，或許會很親切地說：「我會好好加油。」

在這裡，我到底要學誰才好呢？

＊

下午一點。S大學附屬醫院小兒科病房的遊戲室放了三排鐵管椅，每排有十張椅子，坐了十八個病童、看護，以及像是病童母親的人。

病童的年紀參差不齊，有的還沒上小學，也有五、六年級的學生。既然是住院的病童，應該是哪裡生病了，但除了他們穿著睡衣以外，看起來和健康的小孩沒什麼兩樣。

倒是這個房間很不尋常。後方的牆上貼著用色紙做的動物在跳舞，兔子、狐狸、熊和大象都滿臉笑容，周圍的花朵和音符也都飛了起來。靠窗戶的那一面牆上掛著彩帶吊飾，天花板上垂著麵包超人和他的夥伴。

我能理解這是為了營造歡樂的氣氛，我也知道用歡樂佈置容易感傷的空間不是壞事，但凡事過猶不及，反而好像在強調「這裡是特殊的地方」，你們不是正常的孩子，都得了重病，死亡就在你們面前。

快樂的演出或許是逃避死亡恐懼的護身符，既然這樣，不是更應該不留痕跡地巧妙演出？還是說，這種誇張的方式更能夠炒熱氣氛？不知道每間病房的情況怎麼樣？

聽說平時都會去各個病房，讀一些適合病童年齡的書籍，或是他們上一次要求的書。由於這次是「特別節目」，所以特地請病童都集中在遊戲室。

我跟著岡田一起站在大家面前，響起一陣熱烈的掌聲。

「今天有新的姊姊來加入，這位是櫻井……姊姊，所以大家可以叫她櫻花姊姊。」

岡田可能忘了我的全名。早知如此，問我不就解決了嗎？居然要大家叫我櫻花姊姊。不過，從某種意義上來說，這種感覺很新鮮。

在學校時，很少有人叫姓氏。因為班上有幾個人姓氏相同，搞不清楚在叫誰，所以老師也都用小名叫大家。我這才發現，除了敦子以外，我幾乎不記得班上其他同學姓什麼，只知道紫織的姓是「ta」行的。我和同學之間沒有太多交集，也照樣過得好好的。

「另外，我今天帶來了特別的東西！」

岡田拉高分貝說著，用力拍了拍肩上的大袋子。

「你們猜是什麼？」

她把一隻手緩緩伸入袋子裡，故弄玄虛地攪動著。

——然後，一個人偶探出頭，是有著一張樸實面孔的不織布小紅帽。

所有孩子都歡呼起來。岡田心滿意足地環視孩子們的臉，把小紅帽人偶戴在手上，拿了出來。

「大家好！我是小紅帽，今天要演人偶劇！咦？舞台呢？岡姨，舞台在哪裡？」

岡田自稱「岡姨」，這個名字很符合她的外型。為了表現出友好的態度，我以後也叫她岡姨吧。

「小紅帽，別擔心，舞台在這裡，就在岡姨的肚子上！」

「什麼？不會吧！」

孩子們叫了起來。岡姨把袋子放在地上，說了一聲：「變身！」用戴著小紅帽的手做出了鹹蛋超人的動作，從袋子裡拿出深藍色圍裙，動作俐落地戴了起來。

「岡姨的圍裙劇場——小紅帽的故事開始了。這裡是森林，森林裡到處都是茂密的樹木，遍地開滿了鮮花……」

她不斷從袋子裡拿出用不織布做的樹木和鮮花黏在圍裙上，轉眼之間，就做出了森林。然後，小紅帽出現在森林裡——

我似乎幫不上忙，便走到不會影響她的位置觀賞起來。

話說回來，她說要表演特別節目，請大家聚集在這裡，我還以為她要演什麼，沒想到只是把人偶和花草樹木黏在她圍著鮪魚肚的圍裙上。而且小紅帽的故事了無新意，未免太無聊了。

但孩子們都目不轉睛地盯著岡姨的肚子。

並不是她的表演生動有趣。

我相信，應該是這裡的孩子們都天真純潔，能夠率直地吸收正常人無法理解的感動，坦率地表現出來。真令人羨慕。

如果圍裙的世界就可以讓他們感動莫名，當他們看到超乎想像的廣大世界時，不知道會有怎樣的反應。只可惜有不少人在看到廣大的世界之前就會死去。

最有可能的是哪一個小孩呢？

年紀很小的病童都有母親陪伴，我希望可以和病童單獨成為朋友。有一個年紀比較大、看起來像是四年級左右的女孩。只要送她一些可愛禮物，和她一起看雜誌、聊聊喜歡的男生，也許很快就會變成好朋友。不，不行，她一臉無趣的表情，我要找內心更單純的小孩子。

那個女孩身旁有兩個五、六年級的男生，他們正樂在其中。其中一個瘦巴巴的，有一張帥氣的臉，另一個是皮膚白白的圓臉小胖子，兩人把頭湊在一起，正在說悄悄話。他們很像是上次在學校看的電影中的那對少年。

真希望他們其中有人得了不治之症，而且最好是那個小帥哥……

「岡姨，妳的嘴巴為什麼這麼大？」

突然，他們兩人異口同聲地問，其他孩子也都哈哈大笑。

「因為……我要吃掉阿太和小昴，啊嗚！」

岡姨轉頭看向他們的方向，露出牙齒大叫著。

原來他們叫阿太、小昴，那就像配音二人組那樣叫他們阿太&小昴吧！

岡姨伸出戴了大野狼人偶的手撲向他們，然後，突然停了下來，露出噁心的笑容。

「──大野狼才不會吃人。大野狼吃了外婆的午餐，但仍然覺得肚子很餓，所以打算把小紅帽帶來的點心也一起吃掉。小紅帽對大野狼說，有很多點心，大家一起吃吧！大野狼聽了好高興，向小紅帽道歉，說剛才不應該嚇她，小紅帽笑著原諒了大野狼。因為害怕而躲在桌子底下的外婆也走了出來，大家一起相親相愛地吃點心。演完了。」

孩子們都用力拍手。阿太和小昴也開心地拍手，還有的小孩向人偶揮著手說：「小紅帽再見！」病童的母親和看護也都用力鼓掌說：「演得太好了。」面帶笑容地看著孩子們。

岡姨的表演就像小學的班會般圓滿落幕了。照理說，這個故事應該是小紅帽和外婆都被大野狼吃掉了，獵人來救她們。難道是做獵人的人偶太麻煩，所以才改變故事嗎？難道沒有人對這樣的結局感到疑惑嗎？

掌聲響了很久。

難道只要大家高興，就沒什麼不可以嗎？

岡姨脫下圍裙，看著孩子們問：

「大家覺得好聽嗎？」

「好聽！」孩子們都很有精神地回答。

「看到大家這麼高興，岡姨也好開心！還想看的人請舉手！」

「我！」所有人都舉起手。
「好，那接下來由櫻花姊姊為大家說故事。」
岡姨對著我鼓掌，所有孩子都將目光聚集在我身上。
我？完全不讓我準備嗎？
「呃，大家要不要上廁所？……」
我臨時想到這句話，為自己爭取到五分鐘的時間……
「我沒有演過圍裙劇場。」
「別擔心，準備的人偶都是大家耳熟能詳的故事，妳可以盡情發揮。」
我特地走到岡姨身旁向她咬耳朵，她卻大聲回答，把袋子遞到我面前。
既然這樣，為什麼在咖啡館見面時不事先告訴我？比起市集和撒旦的事，她更應該好好說明一下圍裙劇場的事。她想到什麼就說什麼，只說自己有興趣的事，難怪歐巴桑總是惹人討厭。
不如趁這個機會不告而別？
回到座位的孩子們雙眼發亮地看著我。姊姊會演什麼？小孩子問母親。馬上就可以看到了。母親回答。
這是為了讓死亡更加精采的表演。
我探頭向袋子裡張望，人偶和配件不是岡姨自己動手做的，而是買現成的。
「圍裙劇場一　小紅帽」。每個童話故事裡的人物都分別裝在一個小袋子裡，還有故事大綱。小紅帽的袋子裡有獵人的人偶。

先不管剛才已經演過的故事，我要在剩下的五個故事中挑選一個。

就這個吧！即使不看故事大綱，我也可以說出故事，更不需要面帶笑容。

我從有三種顏色的圍裙中挑出米色圍裙，走到前面。

「這個舞台真小，還不到岡姨的一半。」

阿太&小昴中的那個圓臉小胖子說。

你哪有資格對我品頭論足？你這麼胖，搞不好是病魔在作怪。你身上這套繃緊的睡衣是怎麼回事？打一個噴嚏，釦子就會飛出去吧？——好，就這麼辦。

「真的耶！該怎麼辦？如果舞台不夠的話，要借誰的肚子呢？」

我環視遊戲室內的孩子。每個孩子都看著自己的肚子笑了起來，其中有人說：「還是岡姨的肚子最合適。」站在前方的岡姨用雙手捂著自己的肚子說：「哎喲，真害羞！」然後逃到了遊戲室的後方。

「不過，今天姊姊來這裡之前吃了好幾個飯糰，所以大家不用擔心。我在外面吃的時候，不小心掉了一個，不知道那個飯糰現在怎麼樣了？」

我把用不織布做的飯糰貼在圍裙上。

「咦？這裡有一個飯糰！——最先發現的是螃蟹。」

我把螃蟹從袋子裡拿出來後，貼在飯糰旁。「哇噢！太棒了，我用柿種米菓和你換。」我右手戴上猴子的人偶。

「蟹猴大戰開打了，開打了！」

我的腦海中響起悠揚的音樂，右手的猴子誇張地手舞足蹈，花言巧語，試圖得到那個飯糰。

＊＊

我在員工休息室吃老人安養院供應的餐點。

味道沒有想像中那麼糟。應該說，很好吃。

白飯配燙青菜、烤魚和橘子果凍，和學生餐廳的套餐菜色相同，也不至於淡而無味。老人的餐點以此為基本，有的把白飯換成白粥，或是燙青菜上沒有淋醬油，或是減少整體的量，總之，會根據每個人的不同症狀加以調整。

「沒想到這麼好吃。這是什麼魚？」

「……鯖魚。」

從剛才開始，我們就一直重複這樣的對話方式。大叔從不主動說話，即使我找他講話，他也不正視我。況且，他坐的位子就有問題。

不曉得是不是只有我們這兩個非照護人員可以在十二點午休，休息室內沒有其他人。我搞不清楚狀況，跟著大叔在入口附近的推車上拿了供餐的餐盤，看到他在距離敞開的門最近的座位坐下之後，就把餐盤放在他的對面。

就在這時——

「啊？妳要坐那裡？饒了我吧……」

他毫不掩飾臉上為難的表情嘀咕道。那我該坐哪裡？我猶豫了一下，往旁邊挪了一個位子。桌子很大，即使面對面坐下，托盤也不會相互碰到。

難道他討厭我出現在他的視野範圍內？雖然我的長相的確很難增進食慾，但也不至於影響食慾吧？

從他表現出的態度，我知道他對我沒有好感，但我無法想像悶著頭吃飯，完全沒有交談的情況。默默吃飯會讓我無法呼吸，所以我拚命找話題和他攀談。

燙青菜是哪一種菜？這裡都吃日式料理嗎？你在這裡吃過涼麵嗎？差不多就是這樣的感覺。但大叔的回答都是簡單的幾個字：

菠菜。大部分。沒有。

是不是該聊一些社會性的話題，像是年金、高峰會，還有什麼？……這樣下去，連我也會變得沉默寡言。我想不出和大叔有什麼共同話題。你有沒有買九月份的《茱麗亞》雜誌？LIZ LISA皮包是不是超可愛？——這種話題絕對不行。

如果大叔就是沉默、冷漠的人，默默吃飯也就情有可原，但因為我無法輕易作出結論，所以才覺得坐立難安。

上午聽完大沼阿姨的說明後，我立刻去更衣室換上了胸前繡有校徽的白色圓領T恤和祖母綠色長褲的學校運動服，開始工作。

保養輪椅。

我不行啦！我從來沒看過輪椅長什麼樣子，叫我保養輪椅，我從來沒有拆過螺絲，更不擅長需要發揮耐心的事。沒想到大叔交給我一個打氣筒。

「等一下我們要去巡病房，我在調整的時候，妳負責為輪胎打氣。」

他用公事化的口吻對我說。這種工作倒是沒問題。

大叔抱著工具箱，我拿著打氣筒走進二樓的第一個房間。四人病房內是四個老爺爺。

「早安！今天各位還好嗎？告訴大家一個好消息，絕對可以讓大家精神振奮起來！從今天開始，這位青春活潑的女孩將協助我兩個星期。她叫草野敦子，請各位多多關照。」

大叔被附身了嗎？

大叔誇張的語氣開朗又有精神，就像廣告中常見的那些穿著制服的家電量販店店員。他突如其來的改變讓我大吃一驚，那些老爺爺卻毫不驚訝，看著我說：「美女來了！」還高興地鼓掌。

「呃，這個，我是青春活潑女孩草野敦子。這個……我喜歡年紀比我大的人，目前正在徵男友。」

我配合大叔用搞笑的方式自我介紹，立刻有兩個爺爺自告奮勇。

「今天我要檢查輪椅。」

大叔笑著把放在床邊的輪椅分別搬到走廊上。我也搬了一輛輪椅，來到走廊上時，不知道為什麼，竟然重重地嘆了一口氣。抬頭一看，大叔也嘆著氣。當我們視線交會時，我對他笑了笑，他竟然視若無睹。

然後，我們一直重複剛才的過程。老爺爺的房間、老奶奶的房間、夫妻房、單人房，每次進入房間，我一下子是「青春活潑女孩」，一下子是「最希望有這樣的孫女第一名」，一下子又變成了「在銀城現身的公主」，大叔用不同的方式介紹，他始終開朗、有精神又誇張。但當我們單獨相處時，他又恢復一張臭臉。

也許這裡要求對老年人的態度要開朗，對同事要嚴肅。我努力從善意的角度解釋他的行為，但他的落差未免太大了。光是這樣，就已經讓人夠憂鬱了，沒想到還有讓我更憂鬱的事。

大叔做事笨手笨腳的。

我在走廊上為輪椅的輪胎打氣時，油噴到了我長褲的膝蓋，因為大叔在旁邊為輪子上油。祖母綠色的布料上出現了許多褐色小圓點，白色T恤的衣襬上也濺到了。真倒楣。

總共有四輛輪椅，其他三輛還沒保養，為什麼偏偏要在我打氣的時候，為我的這輛輪椅上油？況且，為什麼不事先打一聲招呼說「我要上油」？

「對不起，我笨手笨腳的。」

大叔臭著臉向我道歉，但之後又噴了我六次油。說自己笨手笨腳就沒事了？

大叔吃完飯後站了起來，把托盤放回推車，然後走到房間最裡面，拿起放在窗邊置物箱上的紙杯，把即溶咖啡粉倒進去後，用熱水瓶裡的熱水沖泡後走了回來。

他只泡了一杯，滿臉陶醉地喝了一口。這個人只泡自己的份？

我想起由紀之前講過，凡是說自己笨手笨腳的人，大部分都是不夠細心。由紀真有先見之明。

但是，由紀到底在說誰？

＊

「咚！臼棒重重地掉在屋頂上。」

我用力把臼棒黏在圍裙上，幾乎快把原本圍裙上的猴子壓扁了。

「嗚啊啊啊……」猴子大叫著。

我演得真投入，孩子們也看得很投入。

怎麼樣？很厲害吧！真想讓只會假哭，而且演技超差的敦子見識一下我的功力。

故事很快就要進入高潮了。

「這時，小螃蟹出現了。牠要為媽媽報仇，這叫因果報應，讓猴子下地獄吧！牠舉起鉗子，準備對著猴子的脖子咔嚓咔嚓！」

「小螃蟹原本打算這麼做，但最後打消了這個念頭。」

怎麼回事？岡姨突然打斷了我，她把猴子從圍裙上拿了下來，戴在手上。

「因為猴子向螃蟹道歉了。螃蟹，對不起，請你原諒我。小螃蟹想起了天父說的話，當罪人坦誠自己的罪行，神就會赦免牠的罪行，既往不咎。猴子從此洗心革面，再也不做壞事了，真是可喜可賀。」

我搞不懂哪裡可喜、哪裡可賀，「蟹猴大戰」莫名其妙地落幕了。那些孩子也聽得一頭霧水。

「大家為櫻花姊姊鼓掌。」

在岡姨的要求下，孩子們紛紛鼓掌，看護和病童母親們也拍著手，但我的不滿該去哪裡宣洩？

岡姨確認病童都回各自的病房後，拍了拍我的肩膀說：「可以耽誤妳幾分鐘嗎？」她不像在生氣，而是一臉為難的表情。

「我記得已經清楚向妳傳達了我們這個團體的活動方針。」

活動方針是指撒旦的事嗎？我沒有答腔，岡姨自顧自地繼續說道：

「妳和時下的高中生不同，很認真地聽我介紹，我還以為妳都瞭解了。一定是我的說明方式有問題。櫻井，妳聽好了，這裡不是普通的地方，有很多孩子都在和死亡搏鬥，妳居然說什麼砍脖子殺死對方這種事，妳不覺得用常識來思考，也太不應該了吧？」

「我不這麼認為。」

「因為做壞事，所以就要被殺，這等於在說，死亡是終極的懲罰。那我問妳，死亡是終極的懲罰嗎？那些罹患重病而可能會死去的孩子做了什麼該受懲罰的事？死並不是懲罰，相反地，活在這個世上才是懲罰。活在這世上是一種考驗，考驗我們是否適合和天父生活在同一個世界，只有獲得認可的人，死亡才會降臨在他身上。所以，死亡既不可怕，也不是悲傷的事，相反地，更應該感到喜悅。我們平時都這麼告訴這些病童。妳現在意識到自己犯下的疏失了嗎？」

「既然這樣，就應該準備這一類的故事，而不是把誰都知道的民間故事結局改成皆大歡喜，太莫名其妙了。」

「哎呀！妳難道不懂得為別人著想嗎？太可怕了……」

「我只是如實地把我熟悉的民間故事演出來，如果妳有意見，應該去向文部科學省之類的地方抗議。而且，妳對我發脾氣是因為覺得我不關心那些病童嗎？還是因為我想要說的故事違反你們的宗教觀點？」

「我懂了，妳在情感上感到理虧時，就開始用歪理展開攻擊。沒想到妳讀的學校不怎麼樣，倒是很會耍嘴皮子。至於故事的結局，如果妳認為妳是正確的，以後可以這樣說給妳的小孩聽，但如果要參加我們的活動，就要按照我們的想法去做。」

「我辦不到。」

我轉身背對著岡姨，拿起放在房間角落、放了手機和錢包的小皮包走向門口。我不希望繼續聽她說教，也不願意和她呼吸相同的空氣。她口口聲聲說不是為了傳教，卻強迫別人接受他們的思想。利用孩童生病這一點進行傳教的行為太卑鄙了，我才不願意在這種地方久留。

但是，我還是回了一次頭。

「妳的牙齒上有海苔啦！」

**

「銀城」會定期舉辦朗讀會、音樂鑑賞會等文藝活動，以及可以按個人興趣參加的社團活動。每天下午兩點，多功能活動室內都會舉辦不同的活動。

下午的工作就是協助這些活動做準備工作。

今天星期一是書法課，聽說在書法社、插花社和美術社中，書法社最受歡迎。

書法課開始之前，我和大叔一起把堆在活動室後方的摺疊式長桌子和椅子排好，將筆筒放在桌子上，鋪好報紙。

時間一到，把宣紙發給來參加活動的老人，將墨汁倒進他們的硯台。和上午的工作相比輕鬆了許多，而且，不必和大叔獨處也讓我鬆了一口氣。

擔任講師的是一位在自己家中開了五十年書法教室的老太太，如果她沒有穿高雅的和服，看起來和這裡的老人沒什麼兩樣。

書法課並沒有規定學生要寫什麼，大家可以寫下自己喜歡的話，再請老師批改。這些老人很有精神地叫著「老師、老師」，當老師用紅毛筆批改時，卻又露出不滿的表情。

以前我幾乎沒有接觸過老年人，一直以為老爺爺、老奶奶都很溫和、親切，現在才發現有不少人既頑固又不服輸，很惹人討厭。

話說回來，他們寫的字眼倒是很可愛：煙火、西瓜、廟會……

我這才想起煙火大會的日子近了……

「給我宣紙！」後方傳來一個洪亮的聲音。

是阿囉哈！他精力充沛，難以想像早上才在走廊上跌倒。

他寫的是「毅力」這兩個字。他的毅力的確十分驚人。我給了他一張新的宣紙。

「我要寫妳喜歡的字，做為在這裡認識妳的紀念。」

喜歡的字——「黎明」？道場正面高掛的深藍色旗幟上，用白字寫著這兩個字；戴上面具時，綁在頭上的毛巾也印著這兩個字。黎明，這兩個字的發音也很好聽，我一直都很喜歡。所以，我當初很嚮往黎明館高中，獲得推甄時也樂壞了。我很希望可以穿上帥氣的深藍色制服搭電車上下學。

——如今，這兩個字已經和我毫無瓜葛了。

「隨便。」

「真沒意思……」阿囉哈一臉無趣的表情。

原本還期待離開學校後，不必在意別人說我壞話，沒想到連第一次見面的老人也說我「沒意思」，想必我這輩子都會是個無趣的人。

「給妳。」阿囉哈把宣紙遞到我面前，上面寫著「友情」這兩個字。太微妙了。

「謝謝。」

我鞠躬收了下來，阿囉哈「哇哈哈」地笑了起來，又在新的宣紙上開始寫「努力」。

努力什麼？

他上午猛然跌倒，給大家添了麻煩，還敢說什麼努力？他用即使想要拍馬屁，也無法說是漂亮的毛筆字自信滿滿地寫書法，還放聲大笑。

照理說，這裡是離天堂最近的城堡，卻比學校更洋溢著生命力，令人感到害怕。那些無法一個人上廁所的老太太居然寫「長壽」或是「健康」，這裡的人失去了這麼多，為什麼還可以這麼積極、樂觀？

由紀的阿嬤也這樣嗎？如果家裡有這種老年人，真的很傷腦筋，的確可能無法為一點小事又哭又笑。而且，這種日子年復一年地持續……

夠了吧？

和他們相處半天，我就有這種感覺，如果是家人，也許會覺得「為什麼還不死？」不，住在這裡的老年人早就察覺年輕人這麼看他們，我覺得這反而成為他們「一定要長命百歲」的動力，他們是活著和大家作對。

老年人，不，對這些人不必叫得這麼客氣，老人太可怕了。這個人、這個人，還有這個人……嗯？在一群駝背老人中，有一個老太太腰挺得特別直，表情也很嚴肅，感覺很有威嚴。她在寫什麼？

——早知道就不看了。她寫了一堆潦草的字，但不可能是外文。

「耐雪開花。這句話的意思是不畏冰雪，努力綻放花朵，這是我最喜歡的一句話。」

老太太看著我，慢條斯理地向我解釋。聽她的語氣，好像她的字寫得有多好。不畏冰雪，她根本忘了現在是什麼季節。

但是，想必在她心中有屬於她自己的世界，而且，她的世界充滿知性。

「妳是學生嗎？」

「我是櫻宮高中二年級的學生。」

「是嗎？和我一樣。藤岡也是。她是我的學生，她最近好嗎？」

原來她以前是老師。聽她這麼一說，覺得她的確很像老師，搞不好「耐雪」這兩個字是這位老太太老師的口頭禪，還用漂亮的書法寫在簽名板上，掛在教室的黑板上方。

但是，她問我藤岡好不好，我也答不上來。不管她以前是小學、中學或高中的老師，她的學生絕對不可能現在仍然在我們學校。

「她是一九八×年的畢業生，所以現在應該是二年級。」

她果然得了老年癡呆症，她的時間居然停留在這麼久遠之前的年代。

那她今天吃的飯、現在正在練的字又是什麼？

不知道她會用什麼方式迎接死亡。她對現實世界還有沒有眷戀？她在自己的世界中，向只存在於她的世界中的人道別，這樣就感到滿足了嗎？她目前的生活周遭也有很多人，難道她不希望在臨死的那一刻回到這裡，傳達她內心真正的想法嗎？

「哎喲，水森奶奶，寫得一手好字啊！」

四十多歲的小澤阿姨說道，她是負責照護的工作人員。這些老人似乎該回房間了。原來這個老太太叫水森奶奶，她一副理所當然的態度，好像對這種稱讚當之無愧。

我懂了，原來只要這樣隨便稱讚一下就好。早知道她剛才問到藤岡時，我應該回答：「她很好啊！」反正我平時在學校也都在迎合別人。

原來在哪裡都一樣。

＊

從小兒科病房到中央入口有相當一段距離，必須經過外科、內科和婦產科。來的時候，岡姨一直在我旁邊囉嗦什麼沒有撒旦的理想世界，我沒有仔細觀察周圍的情況，現在一邊走，一邊觀察，才發現左右都是病人。

不必特地加入莫名其妙的服務團體，只要來醫院，就可以輕鬆找到明明不想死，卻一步一步走向死亡的人。除非是特別管制的地方，否則，只要在探訪時間來醫院，都可以自由出入。

一個大叔推著點滴架經過我面前，他搞不好只能活幾天而已。他家中有妻兒，比起自己的病痛，他更擔憂不得不拋下的妻兒——這種故事太老梗了。

那就換一種情境。這個人過了多年乏善可陳的單身生活，半年前參加同學會時重逢初戀情人，得知原來彼此仍然深愛對方，交往一週後就求婚了。他們一起去看了婚禮場地，回程中他突然昏倒，被送到醫院，檢查之後，發現只剩下半年生命。

請妳忘了我，去追求自己的幸福——

「櫻花姊姊。」背後有人叫我。

是阿太&小昴中長相帥氣的那一個。

「妳這麼快就要回去了嗎？」

「嗯……你不是阿太，就是小昴，對嗎？」

「那我是哪一個？」

「……小昴嗎？」

「答對了！太厲害了，妳怎麼猜到的？」

我只是憑感覺隨便亂猜，沒想到小昴笑得很開心。那套很清爽的淡藍色睡衣穿在他身上很好看。他說他正要去中央入口旁的商店買漫畫。

「姊姊，妳趕著回家嗎？店裡的霜淇淋很好吃哦！」

我買了兩個香草口味的霜淇淋，和小昴一起在商店旁的長椅上坐下後，舔了一口。很普通的味道，哪有好吃？

「我要開始吃囉！」小昴說著，津津有味地吃了起來。

這孩子真有禮貌。他五官很帥氣，吃相也很好。這種程度的霜淇淋就讓他覺得好吃，可見醫院的供餐夠難吃。醫院的這種餐點他還要吃多久？……他生的是什麼病？現在坐在我旁邊時，看起來很健康，但走出醫院，站在陽光下，似乎就會融化、消失。

並不是像霜淇淋那種黏稠的感覺，而是像透明的碎冰塊在手上轉眼之間融化。我的身體深處感到不寒而慄。

我想親眼目睹那一瞬間。

「櫻花姊姊，岡姨罵妳嗎？」

「——啊？」小昴一臉擔心地看著我。

「為什麼？」

「因為岡姨要妳演『蟹猴大戰』，卻硬是改了結局。我知道那個故事。她是不是對妳說，用常識來思考就知道，怎麼可以在生病的小孩面前說死不死的，上帝會搖頭，對嗎？」

「你太厲害了，她就是這麼講的。對不起，說這些令人不愉快的事。」

「為什麼？我也覺得猴子應該被砍頭，因為他把螃蟹殺死了，說一句對不起就可以得到原諒太奇怪了。」

「但是如果按照這個邏輯，那些可憐的孩子們也會被當成是壞猴子。」

雖然我也覺得猴子活該被砍頭，但在年紀比我小的男生面前，我希望當一個很有常識的大姊姊。說話有真心話和場面話之分，這種時候要說場面話。如果岡姨事先告訴我圍裙劇場的事，告訴我這裡是醫院，希望我修改最後的部分，我一定會照做。

「那遭殃的那個人就必須忍耐嗎？」

「恐怕就是這麼一回事。」

趁早放棄吧！那是父親的聲音。

「我不討厭岡姨，但有時候不同意她說的話。她說上帝也會寬恕做壞事的人，櫻花姊姊，妳覺得呢？」

「嗯。可能岡姨心目中的上帝和你、我心目中的上帝並不是同一個。雖然我不相信上帝，但我覺得做了壞事的人，即使死了也沒有好下場。」

「死了也沒有好下場？」

「會下地獄。」

「地獄？對了，妳在說故事的時候也有提到，是天堂、地獄、大地獄的地獄嗎？」

「對，對，我是櫻井由紀，會下大地獄。」

「我是田中昴，我也是下大地獄。妳剛才說的因什麼什麼，所以要下地獄？」

「因果報應嗎？就是一旦做了壞事，就會因果輪迴，壞事最後會發生在自己身上。」

「原來是這樣，我只知道做了壞事的人會下地獄。妳知道很多地獄的事嗎？」

「也沒知道得很清楚啦！我家有一本很可怕的地獄繪本，以前在不知道哪邊的廟裡買的，上面畫得很詳細。」

「畫什麼？」

「說謊的人，下地獄後會被拔舌頭。浪費食物的人在地獄時，只要把眼前的食物放進嘴裡，食物就會變成石頭。地獄也分很多種不同的，像是血海地獄啦、刀山地獄啦、油鍋地獄啦，所以猴子當然會下地獄。這麼一想，就覺得小螃蟹也許不必殺牠，因為這樣牠就不必下地獄了。」

「是哦，我也好想看看那本書。」

「那我下次帶給你看，應該沒有丟掉……但這樣做，好嗎？」

「只要不是岡姨來的日子就沒問題，她只有星期一和星期二來，妳後天可以來嗎？」

「嗯，沒問題。我不是來當志工，來找你就好了。」

「真期待～」

小昴一臉興奮的表情吃完最後一口。

「謝謝招待。」

如果岡姨知道這麼乖巧的小孩子期待看到地獄的書，不知道會露出怎樣的表情？光是想像一下，就覺得心情愉快。

＊＊

終於結束了。上午十點到傍晚四點，整整做了一天。

我只有二十節體育課坐在旁邊休息，即使扣除休息時間，來這裡做一個星期就綽綽有餘了，為什麼要來兩個星期？搞不好是假借補課的名義利用我。為什麼我當時沒有察覺？可能是快放暑假了，那些參加社團的學生沒辦法來，老師也覺得我很好騙吧！

不行，我累死了。雖然每項工作都不是什麼很累人的事，但一天下來，覺得渾身無力，好不容易才能站直身體。

等一下還要走去公車站……

雖然我並沒有刻意表現出我的疲憊，但在結束一天的工作，和大叔一起去事務室向大沼阿姨報告時，她對我說：「要不要用老人安養院的車子送妳去車站？」

那我就不客氣了。

「高雄先生，麻煩你了。」

大沼阿姨用像是拜託大叔做事的口吻說。果然要他開車送我。

大叔輕輕咂了一下嘴，一臉不耐煩，小聲地說：「好吧！」

為什麼這個人的心情都寫在臉上？既然是大人，就應該克制一下，不然會讓周圍的人心情很惡劣。

如果你這麼不甘不願，那就不必了。由紀絕對會這麼說，但我說不出口。

雖然穿運動服回家也無所謂，但畢竟是第一天，還是規矩一點。我離開事務室後走進更衣室，照護員小澤阿姨也在。

「辛苦了。」

她露出和對待老人時相同的笑容對我說。小澤阿姨有照護師的證照，在這裡當計時工。她在換衣服的時候告訴我，她有兩個分別讀高三和大二的兒子，所以生活壓力很大。雖然她對我說的這些話很平常，但我很開心她和我聊這些家常事。

「妳怎麼去公車站？這裡離公車站有一段距離，如果我開車就可以送妳，但今天我騎機車。」小澤阿姨就住在附近。

「高雄先生會送我。」

「高雄孝夫（Takao Takao）？」

我懷疑自己聽錯了。這是他的暱稱嗎？就好像姓美保的女生，大家叫她美保美保一樣？發簡訊的時候就是美保×2，所以大叔就是高雄×2？不會吧。而且，「高雄」不是他的姓氏嗎？難道他名牌上寫的是他的名字？話說回來，很難想像別人會用暱稱叫大叔。

「高雄高雄……大家都這麼叫高雄先生嗎？」

「不是這麼叫他，而是他的名字。他姓高大的高，雄性的雄，名字是孝順的孝和丈夫的夫。離過一次婚，目前是單身，從小就叫這個名字。搞不懂他父母幫他取名字時在想什麼，話說回來，總比取聽起來很了不起的名字好多了。妳周圍沒有這種人嗎？」

「比方說？」

「比方說，我兒子的同學……有叫摩周湖的摩周同學，或是打雷的雷、安全的安，雷安同學，會以為他是外國人吧？如果長得很帥，又說一口流利的英語也就罷了，但那兩個人完全配不上他們的名字。還有人叫生命的命，把他們的名字連在一起，聽起來就像以前偶像的親衛隊。」

聽到小澤阿姨舉例說出來的名字，我想起之前在網路上看到的一個用片假名寫成的名字，但在心情變惡劣之前，很快把那個名字刪除了。

「我周圍的人名字都很普通。」

由紀、紫織……為什麼一離開學校，我連班上同學的名字都想不起來了？嗯，可見大家的名字都很普通。

「是嗎？可能是我兒子的學校與眾不同。聽說現在的家長都避免幫孩子取太怪異的名字，擔心孩子在學校因為名字的關係遭人欺侮。而且，那個姓摩周的，等老了之後就很尷尬吧！恐怕會因為丟臉，連醫院都不敢去。妳叫敦子，真是好名字。」

她說這句話時，和稱讚水森奶奶時的語氣一模一樣。

「……謝謝。」

雖然我向她道了謝，但我知道她只是說客套話，我自己也不喜歡敦子這個名字。爸爸和媽媽的品味都不錯，為什麼會幫我取這麼俗氣的名字？我不知道為這件事生氣了多少次，爸爸說，用筆畫數挑選，這個名字最理想，但我的人生一點都不理想。

不，應該說是糟透了。至少希望名字的第一個字不是a行。

全年級只有我一個A子。

「敦子，我告訴妳一個秘密。」

小澤阿姨突然走過來，壓低嗓門說。

「妳要小心高雄孝夫，即使他說要送妳去車站，妳也最好告訴他，只要送到公車站就好。如果在工作的時候遇到什麼問題，不要客氣，儘管告訴我。萬一發生什麼事，一定要大聲喊叫。啊，但是這裡禁止講這些，不要說是我告訴妳的。」

說完，她看了一下手錶，嘀咕著：「今天雞蛋有特價……」就匆匆走了出去。我早就換好了衣服，也跟著走出了更衣室。

她叫我小心一點，那個笨手笨腳的大叔會對我做什麼事？難道小澤阿姨曾經遇到過？不可能，絕對不可能。如果之前曾經發生過什麼，大沼阿姨不可能叫他送我，但是，即使小澤阿姨喜歡聊八卦，也不可能毫無根據地亂說這種事。

我有點擔心起來，但兩隻腳已經沒力氣走去公車站了。

正門前的停車場內，停著一輛車體上寫了老人安養院名字的小廂型車，大叔已經坐在車上。慘了，我去更衣室之前忘了告訴他，原本以為花不到五分鐘，但因為小澤阿姨和我聊天，耽誤了不少時間。

「對不起。」

我坐上副駕駛座時連聲道歉，大叔垮著一張臉，默不作聲地發動了車子。他可能覺得我這個人很不識相。

大叔沿途一句話都沒說，更不可能問我要不要直接送我去車站搭電車，而我也不像吃午餐時那樣主動找他聊天，一方面是因為累了，但我更不希望繼續受傷害。即使對方是不起眼的大叔，被他討厭、遭到漠視也很痛苦。

走路要花二十分鐘的公車站，開車不到五分鐘就到了。

「謝謝你。」

「辛苦了，路上小心。」大叔一臉嚴肅地回答。

我有點意外，但還是鬆了一口氣。

*

從醫院回到家，頓時累得渾身好像散了架。我很想直接倒在床上，但還是換了衣服，誰知道身上帶了什麼細菌回來。

洗手時，我也按照正確的洗手方式仔細清洗，還順便漱了口。喝完冰麥茶，終於可以休息一下——

我要先找準備帶給小昴看的書，我記得放在被櫃裡。

阿嬤之前出門旅行去不知道哪間寺廟時，買回來那本畫了很多地獄圖片的繪本。整本書都是用紅色和黑色畫的水墨畫，幾乎沒有文字。

偷東西的人要去油鍋地獄，傷害別人的人要去刀山地獄，殺了人的人要承受四倍的痛苦。因果報應，做壞事的人一定會得到報應。

當時，阿嬤這麼解釋給我聽。

每一張圖片都很有真實感，我害怕不已，從小就在心裡發誓，我絕對不能做壞事。我記得那是我小學三年級的時候。

那本繪本上還有很多其他的圖片。

有拔舌頭的圖，那是說謊的人的報應。還有人想吃東西時，食物就變成了石頭，那是曾經浪費食物的人的報應。

看這些圖片時，我想到一件重要的事。如果不能說謊，也不能浪費食物，那不是大部分人都要下地獄嗎？當然，我也不能置身事外。

而且，我已經就在地獄裡了，雖然我還沒死……

用電鍋煮了十杯米，煮完後全部裝入保鮮盒，放進冰箱。即使不記得家人的名字和長相、不知道今天是西元幾年幾月幾日、不瞭解自己身在哪裡，生存的本能仍然會繼續發揮作用。吃飯才能活下去，所以會煮飯；煮完之後，又忘了這件事，幾個小時後又開始煮飯。打開冰箱，發現保鮮盒裡居然已經裝滿了白飯。

是誰？是誰幹的？我說過多少次了，學校的營養午餐要吃完，不可以浪費食物！——最後，她舉起教鞭。

太浪費了，太浪費了。用過的紙尿布明明已經藏起來了，她仍然可以找到，和大家的衣服一起放進洗衣機裡洗。沾滿高分子吸收體小顆粒的衣服只能丟進垃圾桶，於是，她又覺得太浪費了，再度舉起教鞭打人。

父母和我每天身上都會增添新傷。

我家是地獄。

為了擺脫地獄，我一次又一次策畫謀殺阿嬤。

但我沒有勇氣用刀子殺她。

我把蠟燭擦在阿嬤的拖鞋底，把漂白水塗在她杯子內側，把蜈蚣放進她的被子，這些小學生想出來的幼稚殺人計畫都接二連三地宣告失敗。

有一天，我在電視上看到新聞中報導，一個老爺爺照顧臥床不起的太太多年終於累了，用濕毛巾放在太太臉上殺了她時，我大感震驚。這樣就可以殺人？

那是我讀小學五年級的冬天。

半夜三更，我躡手躡腳地走進阿嬤房間，把用浴室的溫水弄濕的毛巾放在她已經熟睡的臉上。不知道是否因為很快就感到呼吸困難，阿嬤發出「呃呃呃」的可怕聲音，把毛巾從臉上扯了下來。

無知的小孩不知道這種方法不適用於可以自由活動身體的人。我嚇得魂都飛了，正打算悄悄溜出阿嬤房間時，背後傳來一個很有威嚴的低沉聲音。

「妳知道自己在做什麼嗎？因果報應！妳會下地獄！」

我至今仍然不知道她當時到底是癡呆還是正常，我嚇得雙腳發抖，只聽到劃破空氣的「咻」一聲，手上一陣熱辣辣的。

我頭也不回地逃走了。

回到自己的房間後，我才發出慘叫聲。打開燈，查看發熱的左手，發現手背裂開了，血滲了出來，白色絨質睡衣漸漸被染成了紅色，我的腦筋一片空白。

在朦朧的意識中，我只記得家人叫了計程車，用好像釣魚針般的針縫起傷口，卻不覺得疼痛。

爸爸告訴醫生，是我半夜想喝水，手一滑，被玻璃割傷了。我不知道爸爸為什麼要說謊。

天亮前，我們回到家裡。留在家裡的媽媽為爸爸和我分別倒了咖啡和牛奶咖啡，三個人一起吃早餐。隔壁房間很安靜。

心情稍微平靜後，我問爸爸：

「為什麼要說謊？為什麼不告訴醫生是阿嬤把我弄傷的？」

「說了又能怎麼樣？難道要把家人交給警察嗎？」

「交給警察也沒有關係，反正我也不想和她住在一起……我們為什麼要和她住在一起？通常不是都和長子住在一起嗎？」

「不是我們接她來住，而是我們搬來和她一起住。」

「因為你之前上班的公司倒了嗎？但你不是每天都去上班嗎？我們快搬家嘛！不管住破公寓或是哪裡都可以，反正只要不和阿嬤住在一起就好。」

「現在說這種話已經太遲了，她已經癡呆了，怎麼可能丟下她一個人——趁早放棄吧！」

「啊？」

「我叫妳趁早放棄，為無法解決的事生氣也是白費工夫，所以，不如趁早放棄。趁早放棄……慢慢等待。」

「等待什麼？等阿嬤死嗎？」

「——我會讓妳去讀大學。東京也好，大阪也可以，妳想去哪裡都行。妳可以離開這個家，做自己想做的事。」

現在才真正進入倒數計時的階段，但對小學五年級的人來說，想到還要再讀中學、高中，就覺得大學簡直遙不可及，以為爸爸在敷衍我，但是……

「真羨慕啊！」始終不發一語的媽媽嘀咕了一句。

媽媽個性開朗，喜歡交朋友，喜歡打扮得漂漂亮亮出門，隨著阿嬤的症狀惡化，卻變得越來越沉默寡言。所以，我猜想大家雖然嘴上不說，但心裡都痛恨阿嬤，大家只是齊心協力在忍耐。

「真羨慕妳可以逃離這一切。把家裡搞得雞犬不寧，自己卻拍拍屁股走人，真是好命啊！」

我完全聽不懂媽媽在說什麼。

「妳今天又闖了什麼禍？只要妳乖乖聽話，阿嬤就不會歇斯底里，妳不知道是因為妳的關係，讓我和爸爸無故被捲入嗎？別以為自己是悲劇女主角……」

心跳加速，血液迅速竄遍全身，就連綁了無數層繃帶的左手背也感到陣陣疼痛。

「好痛……」

疼痛難耐，我終於哭了起來。

「看吧，妳只要流幾滴眼淚就可以解決問題——趕快回房間吧！」

我獨自哭著回到房間，搖搖晃晃地倒在床上。

——我想死。

沒有找到那本繪本。我這才想起上中學後，曾經把阿嬤買給我的東西統統丟掉了。我很現實，有些喜歡的東西還是留了下來，但那本書可能在那時候丟掉了。明天去圖書館和牧瀨見面時，順便找一下有沒有類似的書吧！但是……

我記得那本書上有一張忘川河河畔的圖片。小孩子在河畔不停地堆石頭，然後被鬼推倒，又重新堆積。阿嬤曾經告訴我，這些小孩的罪就是比父母先死。如果小昴看到這張圖，不知道會怎麼想……

我倒在床上，回想起岡姨說的話。我從來不期待聖誕節，也從來不想瞭解阿門；我沒參加過別人的婚禮，也沒去過教堂。

岡姨他們的那個什麼教派到底圖的是什麼？如果我當時遇到岡姨，說不定會聽信她的那番道理而加入他們。

因為死亡離我很遙遠，所以我才覺得他們的思想是無稽之談，也沒有仔細聽，但如果死亡迫在眉睫，岡姨他們的思想似乎更能讓餘生平靜度過。

死亡並不是終極的懲罰，那死亡又是什麼？

第三章。

七月二十八日(二)

**

真是受夠了，這種地方我待不下去了。什麼離天堂最近的地方，我今天就要和這裡說再見。

一開始還算順利。

我換上運動服，穿了厚底球鞋，帶著裝了冰麥茶的水壺出了家門後，從公車站走到老人安養院也不覺得辛苦。雖然館內很臭，但我知道只要五分鐘後就會習慣，所以也不以為意。

沒想到才工作了半天，我就快累死了。

一大早，我就和大叔一起用拖把擦館內的走廊和樓梯，之後，又用抹布擦了紗窗和牆上的架子。總算窗明几淨了，沒想到走廊和樓梯上又到處是灰塵。無奈之下，只好又擦一次走廊和樓梯。

結果，一眨眼的工夫就到中午了。都是大叔的錯，我只是按他的指示做事。

我不僅身體疲憊，心也累了，這也是大叔的錯。

他的態度到底是怎麼回事？

看到他拿著拖把打算清潔我已經擦過的地方，我極其委婉地提醒他：「高雄先生，那裡我已經擦過了。」他只是板著臉說了聲：「對不起。」但如果不小心給老人家添了麻煩，比方說，不慎踢倒了枴杖，或是把水桶裡的水潑在地上，他就會誇張地跪地磕頭說：「哎呀呀！我又犯錯了。大人，懇請您要原諒我啊～」

光是這樣的話，我會認為他是把這些老人當成是重要的衣食父母，所以勉強能夠接受。但他在小澤阿姨面前也握著手，恭敬地鞠躬說：「美麗的小澤太太，這件事就請妳大人不記小人過。」

至於他在為什麼事道歉？只是為了區區瑪德蓮蛋糕。

工作人員休息室內放了很多點心，旁邊寫著：「請自由取用」。那是來探視老人的訪客帶來「請大家享用」的。有些是帶給老人吃的，但因為糖分太高等會影響老人健康的原因，無法直接交給當事人，所以就轉送給工作人員。

看到阿囉哈跌倒之後又馬上像一條活龍，我覺得老人超可怕，簡直就像是打不死的蟑螂，但其實不是這麼一回事，而是工作人員隨時在為他們的健康把關。訪客送來的點心都是平時很少有機會吃到的高級貨。

「啊，我記得這種禮盒裡有抹茶口味的。」

小澤阿姨走進休息室準備吃午餐時，看著已經空了一半的瑪德蓮蛋糕禮盒這麼說。剛才幾個職員一起分享時，大叔剛好把抹茶口味的吃掉了。

禮盒中並不是只有一個抹茶口味的，他也不是知道小澤阿姨喜歡吃，所以故意把最後一個吃掉。他只是順手拿起盒子最角落的那個放進嘴裡。

比起小澤阿姨這件事，他給我添的麻煩才大呢！

由此可見，他並不是對不同的人有不同的態度，只是討厭我罷了。

搞不好所有的人都討厭我。大叔笨頭笨腦的，所以內心的想法全都表現在態度上，大沼阿姨、小澤阿姨和其他職員可能都在背後說我的壞話。

不僅如此，那些老人說不定也都在罵我。

那個小女生完全派不上用場，只會在這裡礙手礙腳。什麼都不會做，還敢來這種地方，太不自量力了——諸如此類的……我不想繼續留在這裡了。

——我從後門溜了出去，但要去公車站時，必須經過正門，萬一被人發現怎麼辦？……慘了，有人在那裡。

是一個老太太，看起來像是住在這裡的老人。她可以一個人出門嗎？

和我沒關係。我視若無睹地超越了她。

「——喂，妳給我站住！」

「啊？」我被她叫住了。

「妳剛才是不是叫我去死？」

什麼？她在說什麼？老太太用極其懷疑的眼神看著我。她也是老人癡呆症嗎？

「我、我沒、說這種話。」

「不，我聽到妳叫我去死。」

「怎麼可能？……我怎麼可能說這種話？……」

「大家都在說，同房的人、年輕人都這麼說。他們以為我聽不到，其實我全都聽到了。」

她哀傷的雙眼從我身上移開。所以，她想去一個沒有人的地方嗎？好可憐。她住在老人安養院，居然也被人罵「去死」，太過分了。

「坂口奶奶，沒有人這麼說，也不會有人這麼想。」

這時，傳來慢條斯理、親切而又洪亮的說話聲，是大沼阿姨。

「看吧！她叫我去死。」

老太太看著我，等著我附和。——不，我沒有說這句話。

「沒有人這麼想，趕快跟我回去吧！」

大沼阿姨把手放在老太太的肩膀上，蹲下身體，看著她的眼睛緩緩地說。老太太雖然嘴裡嘀嘀咕咕地說什麼「我才不會上當」，但並沒有推開她的手或是反抗。

「草野，謝謝妳，影響了妳的休息時間。我會帶坂口奶奶回房間，沒事了。」

大沼阿姨安慰著老太太，帶她走進了正門。

謝謝？她以為我看到老太太擅自走出去，所以特地追出來或是在這裡找到她嗎？……原來她叫坂口奶奶。

老太太是不是想要我攔住她，才故意指責我罵她「去死」？還是果真以為大家都這麼說她？也許是以前曾經有人這麼說她，才會讓她有這種錯覺。如果真是這樣的話，這個老太太真可憐。

她似乎有點耳背，要是別人在聊天時，她以為在叫她去死，那在這裡的集體生活應該很辛苦。

——啊，已經這麼晚了，我要回去工作了。大叔一個人準備插花教室一定忙不過來。

*

牧瀨在圖書館準備聯考，今天是我第五次坐在他旁邊看書。

雖然牧瀨稱之為「圖書館約會」，但這種約會完全沒有心動的感覺。他穿著這一帶最好的男子高中的制服，我還期待可以在不影響他溫習的情況下，讓他教我功課，事實證明我是異想天開。因為已經是高三的暑假了，他還在看「數一基礎」。

我們的閒聊也無聊透頂。他上次說：「不知道酸梅的樹是不是在澆水的時候也要撒鹽。」只能說他是個自以為聰明的白癡。

嗶嗶嗶……牧瀨的手機響了。即使是放暑假，他也把讀書時間設定成和學校相同的時間。

休息時，我們會一起走去陽台。牧瀨去自動販賣機買了兩罐可樂，遞給我說：

「請妳喝。」

我不喜歡別人請客，因為我討厭欠別人的人情。但牧瀨認為男生請客是天經地義的事，聽他這麼說，我也不好意思拒絕，只能心存感恩地接了過來。

我們一起坐在長椅上，喝了一口可樂後，我問他：

「牧瀨，你看過屍體嗎？」

「——看過啊！」

他不假思索地回答，而且，答案竟然是出乎我意料的「看過」。我在發問之前，認定他絕對沒有看過。

「也不能說是看過屍體——反正，就是看著他死。」

「你是說，你曾經為家人送終？」

我以為是他父母、兄弟或祖父母死了，所以小心翼翼地問，但牧瀨一臉輕鬆的表情。他轉頭看著我時，臉上甚至還帶著幾分喜悅。

「更加驚悚。真的太巧了，是今年放春假的時候，那天上午，我去學校參加模擬考。那時候，已經過了早上的尖峰時間，我站在空空盪盪的月台上，站在對面月台的大叔突然從手上拎的紙袋裡拿出很多紙片撒向四周。我覺得他很奇怪，所以就看著他，沒想到電車進站時，他跳到鐵軌上……他的手飛到了我面前。」

意想不到的發現和浮現在腦海中的痛苦影像，令我忍不住倒抽了一口氣。

牧瀨把可樂罐放在腳下，繼續說道。

「紙片飄落下來，剛好落在掉在我眼前那隻手的手掌上，簡直就像是電影裡的畫面。」

我情不自禁地發揮了想像力。如果這張紙是他最愛的女人寫給他的情書，就太有戲劇張力了。

「你被嚇到了嗎？」

我很想聽下文。牧瀨的視線望著遠方，似乎忘記了我的存在。

「當時，我只覺得很噁心，很受打擊。因為我是目擊者，所以一次又一次地向警察和車站人員說明我看到的情景，說著說著，我開始能夠冷靜地面對人死亡的瞬間……可以說，從此之後，我的人生發生了改變。」

「怎樣的改變？」

「嗯，用一句話來說，就是我領悟到『死』就是『退場』。有些搞不清楚狀況的人通常會說是game over或reset，其實不是這麼一回事。那些以為自己是世界中心的白癡才會這麼想，話說回來，那天之前，我也是這麼想的。其實，『死』就是退出這個世界，即使少了一個人，這個世界也不會有任何改變，地球照樣轉，而且會永無止境地轉下去；即使人有來生，也只是中途加入而已。既然這樣，我們能夠做的，就是儘可能長時間和這個世界相處，瞭解包括自己在內的世界是怎樣改變的，不是嗎？」

「——嗯？」

上次紫織也一樣，為什麼人在談論死亡時，都會有一種恍惚的表情？原以為牧瀨只是比我大一歲的笨蛋，沒想到談論死亡後，頓時看起來像是人生歷練很豐富的大人。

而且，他還提到「世界」這個字眼，說死亡是退出這個世界。他用一句話說出了我平時在思考的事。

為了不讓他察覺我對他的欽佩，我稍微往外挪了挪，不小心踢翻了牧瀨放在腳下的可樂罐。

「對不起。」我伸出靠近可樂罐的那隻手抓住了罐子，卻扶不起來。

「我問妳……妳是不是有沉重的包袱？」

牧瀨把可樂罐扶起來後，探頭看著我的臉。

「我很少看到妳笑，即使我們在聊天時，妳也很少提到自己的事。其實，說出來可能會很輕鬆。」

我看著自己的左手手背。我不認為說出來就會輕鬆……

牧瀨有沒有詛咒過別人早一點死？

「呃……」我正打算開口，牧瀨問：

「怎麼了？有誰死了嗎？」

不，沒有人死。

難道這是非有不可的前提嗎？也許我說出那個發自內心痛恨的人的事，他也只覺得妳沒有接觸過死亡，所以才會輕易「希望別人早死」吧？

我忍受了多年無法向他人啟齒的折磨，難道偶然目擊別人自殺的牧瀨會比我更瞭解這個世界嗎？不曾接觸過「死亡」的人就沒有資格談論這個世界嗎？

我越來越討厭牧瀨。

你看到的只是和你毫無瓜葛的陌生大叔死去而已，因為死的是與自己毫無關係的路人，所以才會覺得世界沒有改變。

我用右手拿起還剩下一點可樂的鋁罐站了起來。

「嗯？啊，對不起，我是不是問了不該問的事？」

我把鋁罐丟進垃圾桶。

「……休息時間差不多結束了。你下禮拜也有模擬考，好好用功。」

轉身離開陽台後，我發現內心湧起極大的挫敗感。

最後，只是聽了他的一番自誇。

牧瀨看到的也是別人自殺。我一定要親眼目睹別人「死去」的那一瞬間。就連牧瀨也可以說出這番感想，我的感想一定更驚人。我想要接觸「死亡」，想要瞭解超越「死亡」的世界。我一定可以找到比「退場」更貼切的形容。

我一定要在大家面前炫耀，要讓紫織和牧瀨自嘆不如，不，要讓他們懊惱不已。

我試著在圖書館找地獄的書，卻沒有找到理想的，但是……

總之，我明天要去見小昴。

七月二十九日（三）

**

當我到「銀城」時，得知十點要在員工休息室舉行臨時會議。沒有重要工作的員工都要參加，所以，我和大叔一起坐在後方的座位。

主持會議的是大沼阿姨，宣佈完幾項聯絡事項後，她的表情突然變得很嚴肅。

「我相信已經有不少人聽說了，上個月住進K醫院的松田瀧子奶奶昨晚去世了，聽她的家屬說，她直到最後都很毅然地面對死亡。松田奶奶喜歡寫短歌，我在這裡和大家分享她最後的短歌。

「拂曉鬥豔綻　黃昏漸凋零　望花思吾輩　靜想人生短

「松田奶奶享年九十七歲——會議到此結束，今天也拜託各位了。」

原來這就是辭世的詩句。我第一次聽到。真的很不錯。

我不懂這幾句短歌寫得好不好，但既然我也能理解其中的意思，想必不怎麼高明。但是，太厲害了。

我雖然沒見過那位把九十七歲圓滿結束的人生比喻成「朝顏」的老太太，但她太令人尊敬了。小澤阿姨和其他幾個計時工苦笑著。搞不好她在世的時候給大家惹了不少麻煩。

這裡不愧是離天堂最近的城堡，我才來了三天，就已經有人死了，但是，我有一點失算了。老人安養院不是醫院，雖然這裡有常駐的看護和醫生，但當老人發生有可能死亡的緊急狀況時，就會送往醫院，屍體也不會送回這裡。

我既無法目睹別人死亡，也看不到屍體。這樣根本沒辦法了悟死亡。虧我還想多瞭解一些辭世詞。

不知道有沒有類似的網站，或是辭世詞競賽之類的。

比方說，如果是我……

在死去之前　至少看一遍　小夜走鋼索　到底在哪裡？

算了，寫這種辭世詞，還不如安靜地死去。

＊

小兒科病房在五層樓病房大樓的四樓，走出電梯後，我在護理站的登記簿上登記了名字，走向位於最裡面的病房。小昴住的是雙人病房，門旁的牌子上寫著田中昴和藤井太一的名字。原來那個小胖子叫太一，真是人如其名啊❷！

走進病房後，我發現小胖子阿太坐在靠門口的病床上。他的睡衣仍然緊巴巴地繃在身上，一看到我，就沒大沒小地叫我：「嗨，櫻花。」

沒規矩，你今天的臉看起來還是像肉包子。

我決定不叫他阿太，改叫肉包子。

「櫻花姊姊，請坐。」

坐在裡面那張病床上的小昴為我打開豎在病床旁的鐵管椅。當我坐下後，他帥氣的臉上露出興奮的表情，迫不及待地問：「地獄的書呢？」

「對不起，我沒找到。」

「是哦！」他發出失望的聲音。原來他這麼期待，就連一旁的肉包子也滿臉失望。

「所以我帶了點心，算是補償。那家店很有名，經常大排長龍。」

我從皮包裡拿出用淡綠色和紙包著的盒子遞給小昴。

昨天我去圖書館時，阿嬤以前的學生藤岡來過家裡，這盒點心就是她帶來的伴手禮。她目前在另一個縣的小學當老師。聽媽媽說：「她從小立志像阿嬤一樣當老師。」因為剛好到鄰市的小學進修，所以特地上門拜訪。

就是阿嬤經常提到的那個藤岡？

媽媽告訴她阿嬤的下落後，藤岡說：「那我去那裡看她。」她從帶來的兩盒有效期限到今天的伴手禮中留下一盒，就轉身離開了。

❷「太」在日文中有「肥胖」的意思。

「這是什麼？果凍嗎？」
肉包子走到小昴的病床旁，嘩嘩地撕下包裝紙後，打開了盒子。
這個厚臉皮的小鬼在幹嘛？小昴在肉包子旁顯得更瘦弱、更虛幻。那我要好好籠絡一下肉包子，讓他當襯托小昴的配角。
「是糯糬，聽說口感很特別，你們吃吃看。」
「好，那我先吃了。」
肉包子伸手準備拿用竹葉包起的淺綠色半透明糯糬。
「小太，不行，要先問護士，不然會被打入滿腹地獄。」小昴說。
「嘿嘿，對哦！但這種情況不是應該被打入貪婪地獄嗎？」
肉包子把糯糬放回盒子裡。
「滿腹地獄和貪婪地獄是什麼？」
「上次聽妳說了地獄的事以後，我和小太一起想了很多，妳看。」
小昴從枕頭下拿出從筆記本撕下的紙片給我看。
偷偷吃點心——滿腹地獄。即使已吃飽了，仍然會被塞食物，必須一輩子吃不停。
一個人霸占遊戲或點心——貪婪地獄。一輩子不能玩遊戲，也吃不到點心。
說朋友的壞話——漠視地獄。一輩子都沒有人理會。

紙上寫了很多孩子氣的地獄，還有對女生毛手毛腳的項目，他們果然還是小學生。

「我們想出來的地獄怎麼樣？」

小昴露出靦腆的笑容問。

「太厲害了，太厲害了，即使沒有書也完全沒有問題嘛！」

「櫻花姊姊，妳家的書也和這個差不多嗎？」

「嗯，差不多，搞不好你們想出來的更厲害。」

為了彌補我沒有帶書來，我大大地稱讚了他們一番。

太好了！小昴和肉包子用右手擊掌。

「妳家的地獄書是誰買的？爸爸嗎？」

小昴面帶笑容地問。

「地獄書不是我爸爸買的，是阿嬤買的。」

「原來妳有阿嬤，真羨慕。」

聽了這句話，我只能苦笑。

「櫻花，妳笑得很詭異哦！」肉包子插嘴說。

「美女不能大幅度活動臉上的肌肉。」

「妳自我感覺未免太良好了。妳有朋友嗎？現在是暑假，妳卻一個人來這種地方。」

「當然有朋友。」

「怎樣的朋友？」

「──日本第一。」

「什麼？妳在鬼扯什麼，難道妳的朋友是桃太郎，還是富士山？」

「不是，是劍道的全國第一名。」

「因為是日本第一，所以妳才喜歡那個朋友嗎？」小昴問。

──不是這樣。

「櫻花，妳也和我們一起想一下有什麼地獄吧！」

肉包子和小昴把頭湊在一起，開始想有什麼好玩的地獄。

繃帶拆除後，我的手上留下了很大的疤痕，也喪失了握力。因為是左手，再加上雖然喪失了握力，但手指還可以彎曲，所以對日常生活並沒有造成太大的影響，卻無法再練劍道了。

練劍道時，要用左手握竹刀，右手只是輕扶而已。手的問題根本不重要，我只想一死了之。

在我受傷的一個月後，媽媽去道場告訴老師我以後不會再來練習。那天的練習快要開始了，敦子已經換好了道服，正在空手練習。當媽媽和老師談話時，我茫然地看著掛在道場正前方，藍底上用白字寫著「黎明」的旗幟。

雖然無法像敦子那麼厲害，但我喜歡劍道。無論輸贏都由自己負責，我喜歡這種感覺。

「……這孩子太冒失了，半夜打破杯子，結果變成這樣。」

雖然老師沒有問我受傷的原因，但母親用俐落的口吻解釋著。每次在學校、在左鄰右舍面前重複這個謊言時，我就覺得自己漸漸消失……就在這時——

有人抓著我的右手，用力一拉。是敦子。

「由紀，走吧！」

敦子說著，拉著我的手，衝出了道場。

我跟著敦子，不知道她要帶我去哪裡，在暮色中的街道上奔跑著。

——手機響了，是媽媽傳來的簡訊。

阿嬤被送去醫院了。情況危急，立刻來K醫院。

危急？雖然我不知道發生了什麼事，但太猛了。情況危急，以前媽媽從來沒有用過這樣的字眼。難道這一天終於來了？現在沒工夫陪這兩個小鬼玩了。

「對不起，我要回家了，我改天再來。」

我把手機放在床角，收好鐵管椅，放回牆邊。回頭一看，發現肉包子擅自在玩我的手機。

「喂，你在幹什麼！」

我搶過手機，快步離開醫院。

＊＊

「銀城」二樓南側的走廊盡頭有一個鋪著人工草皮的大露台，為了防止有人跌落，周圍用花圃圍了起來，目前種的是紫色和白色的矮牽牛。

花名是我問大叔的。雖然他還是只用簡單幾個字回答，但當我佩服地說「好厲害」時，他有點害臊地主動告訴我：「因為以前工作的關係，所以必須記這些……」

這時，我腦海中閃過一個念頭。

也許大叔並不是討厭我，只是很怕生而已，或許需要一點時間才會慢慢熟絡起來。

想到這裡，工作起來也渾身是勁。

那些老人都穿著室內拖鞋來到露台上，為了讓他們可以在這裡曬太陽和休息，露台上放了幾張桌椅，今天也有人坐在這裡吃著訪客送來的點心，有人在下將棋和圍棋。

雖然是早上，盛夏的烈日卻毫不留情。那些光禿禿的腦袋上沒有戴帽子，吃的點心也不是冰啤酒或剉冰。桌上放著看來像是和菓子的盒子，照理說應該配冷飲，卻沒有人為他們準備。那些照護的工作人員到底在混什麼啊！

仔細一看，發現上次那個「耐雪什麼」的水森奶奶也坐在那裡。

照理說，二十四小時冷暖氣設備完善的館內比戶外舒服好幾十倍，他們為什麼要跑來露台上？我為什麼要在這裡用吸塵器打掃人工草皮？雖然是業務用吸塵器，但我完全不覺得地上變乾淨了。

大叔正在拔花圃裡的雜草。
他為什麼把拔下來的雜草直接放在我剛用吸塵器吸過的人工草皮上？他自己戴著草帽，為什麼我只有毛巾而已？而且毛巾上還印了「銀城」的標誌，醜斃了。
在我問了花名之後，大叔問我：「妳有練過劍道嗎？」我們的關係才稍微往友好的方向發展，他就突然提到我最不希望碰觸的事，這個大叔到底是怎麼一回事？
「為什麼這麼問？」
「以前有一個想在家裡開劍道道場的朋友，也是用這種方式綁毛巾。」
他指的是我綁在頭上的毛巾。我不假思索地把毛巾綁在頭上遮陽，沒想到用了在戴面具之前綁毛巾的方式。
「那種弄得渾身臭汗的事，我早就不練了。」
我很想當場改成像小偷一樣的綁法，但低頭一看，發現自己拿吸塵器吸管的姿勢也好像在握竹刀。
對了，不如在大叔背後用打面的方式嚇嚇他。除非他亂動，不然我有自信可以在離他三毫米的地方停下來。
不知道他會露出怎樣的表情……
我一邊吸地，一邊緩緩走向大叔背後，把吸管的前面拔下來後高高舉起。
「出事了！」
一個老爺爺在我身後叫了起來。大叔猛然回頭，我舉著吸塵器的吸管陪著笑，但大叔完全不看我。

「沒事吧?!」

他一臉緊張地跑過我身旁。嗯?什麼?發生什麼事了?

水森奶奶痛苦地掙扎著,兩個老爺爺手足無措地在旁邊坐也不是,站也不是。

「是糯糬,她被糯糬噎到了。」

老爺爺說著,撿起掉在水森奶奶腳下的竹葉。

大叔讓水森奶奶躺在人工草皮上,把她的嘴巴撐開,保持呼吸道順暢,但水森奶奶發出「呃」、「嗚呃」的噁心聲音,臉色漸漸發紫。她瞪大眼睛,手腳亂動,抓著自己的臉頰和大叔的手臂……

她好痛苦,真的很痛苦。

不要啦!不要啦!為什麼會這樣?

難道是因為我想要看水森奶奶死去?不是,不是這樣,我想看的不是這個,這種死法絕對不行,太悲慘了……對了,辭世詞。即使沒有詩句,至少也該在臨死前說句話。

糯糬,必須趕快把糯糬拿出來。

我拔掉一段吸管後,直接伸進了水森奶奶嘴裡。只聽到吸塵器發出咕嘰咕嘰的奇怪聲音,萬一把她的胃也一起吸出來怎麼辦?

大沼阿姨和看護都衝了過來。

他們開始急救後不久,救護車就趕到了,水森奶奶被送上了救護車。

看到他們充滿緊張的俐落動作，不由得佩服他們果然是專家。或許是因為我看得太出神了，當周圍安靜下來後，才終於發現吸塵器仍然開著，我立刻關掉了。

原本已經吸完半個露台了，現在又要從頭開始。

大叔不見了。我無力地癱坐在空著的長椅上，旁邊響起了掌聲。

露台上的幾個老爺爺和聽到出事後趕來的工作人員都看著我鼓掌。他們為什麼鼓掌？

「草野，這是妳的功勞。」小澤阿姨說。

功勞？因為我把吸塵器塞進她嘴裡？我完全搞不懂自己為什麼受到稱讚。

*

三個月前，我引頸期盼的日子終於來了。多虧阿嬤每隔兩個小時就要吸一次痰，所以必須送她去老人安養院。

原以為她離家之後就和死了沒什麼兩樣，終於可以擺脫這種地獄般的生活了。但這種喜悅沒能持續太久，阿嬤接二連三引發的問題讓媽媽傷透了腦筋。

最近的一次是三個星期前，因為女職員用對小孩子說話的口吻對阿嬤說話，阿嬤對這個打工的女職員說教了將近一個小時，還拿出預藏的教鞭打她的屁股。那名職員第二天就辭職不幹了。

雖然這些事和我無關，但最近媽媽說，與其讓阿嬤給別人添麻煩，在外面丟盡了臉，還不如把她帶回家裡。

就在這時，接到了病危通知。我怎麼可能不歡天喜地？

從S大學附屬醫院去K醫院時，要先搭六站電車，經過離家最近的車站後，還要再坐兩站，下了電車後，還要再換公車。

接到簡訊到現在已經一個半小時了。她還活著嗎？

從大門走進醫院後，我去櫃檯打聽病房的位置，爸爸剛好走了進來。他身上穿著公司的工作服。櫃檯的女人說，阿嬤被送去外科急診室了。我原本以為阿嬤心臟功能出了問題，難道她從床上掉下來撞到頭了嗎？

「聽說是被糰糬噎到了。」爸爸一邊走，一邊告訴我。

媽媽不是用簡訊通知爸爸，而是直接打電話到他公司。

「老人安養院居然也會發生這種事，現在情況怎麼樣？」

「這我就不知道了，她原本就需要吸痰，再噎到的話，恐怕沒救了吧？」

一直要求我趁早放棄的父親向來以身作則，總是一臉不抱任何希望的表情。即使現在，我也無法分辨他是在說笑還是認真的，更不知道他是不是期待發生這種情況。

「現在又不是過年，阿嬤吃的糰糬……是在哪裡買的？」

「……糰糬！」

我想起剛才在醫院看到、包著竹葉的和菓子。聽到糰糬，我一直以為是過年的時候吃的那種白色糯糬年糕。一定就是和菓子的糯糬。

阿嬤的學生藤岡帶來的糯糬。她搞不好就是那個藤岡，也許她送糯糬就是暗自期待會發生這種情況？

搞不好她回想起讀小學時整天被教鞭打，聽說阿嬤得了老人癡呆症，就覺得不可錯過天賜良機，決定利用這個機會報復，以洩心頭之恨。

因果報應！下地獄吧！

看吧！報應果然找上門了。

走向病房的途中，我把藤岡送糯糬的事告訴了爸爸。走到病房門口時，媽媽和兩個看起來像是老人安養院職員的人剛好走了出來。

一個看起來很有威嚴的女人和另一個很窩囊的大叔一起站在媽媽面前，爸爸和我也加入了他們。

難道是那個大叔做錯了什麼，那個女人伸出援手嗎？

「我們向來很注意食物管理，但好像是昨天來探視的訪客帶來了伴手禮……沒想到卡在喉嚨裡，才會發生這種事。」

那個女人一臉恭敬的表情說。果然是藤岡惹的禍。

「幸好這位高雄先生發現了，及時處理，才避免了最糟糕的情況發生，今後我們會加強管理，避免這種事情再度發生。讓你們操心了，真的很抱歉。」

避免了最糟糕的情況發生？我看著媽媽，媽媽把視線移開了。

女人鞠著躬，她的頭幾乎快碰到地上了。那個大叔也抓著頭，跟著鞠躬，他臉上露出害臊的笑容，是因為他覺得自己救人一命的得意更勝於內心的歉意吧！

誰要你多管閒事！

「別這麼說，謝謝你們。」媽媽回答，爸爸也跟著一起欠身道謝。

我看著四個大人的後腦勺，拚命克制著。

去死，去死，去死，統統去死！我忍不住想要大喊。

爸爸回公司上班，媽媽要留在醫院陪阿嬤，所以我一個人回家。我在便利商店買了涼麵，但現在吃晚餐還太早了。打開手機，有兩封簡訊。

第一封是牧瀨寄來的。

對不起，昨天好像說了不該說的話。要不要一起去看煙火？

我這才想起這個週末，本市要舉行夏季廟會，最後一天要放一萬支煙火。這是年度最大的盛事——但我連回他「不去」的力氣也沒有。

第二封郵件是阿太&小昴寄來的。

護士說沒問題，所以我們吃了糰糬，超好吃的。謝謝妳。阿太。

櫻花姊姊，謝謝妳的糰糬。阿太的阿姨看到空盒子，一臉惋惜的表情，好好笑哦！記得再來看我們哦！小昴。

請勿回覆。阿太&小昴。

原來肉包子偷偷看我的手機是查我的郵件信箱。他們是用來探病的家人手機發的簡訊嗎？也許是偷偷用別人的手機，所以才叫我請勿回覆。

沒想到他們會特地為糊糬的事向我道謝。我沒帶地獄的書給他們，走的時候也沒有說再見，這兩個小鬼還不錯嘛！

他們現在算是我的朋友嗎？

＊＊

一天很快就結束了。但早上開會時聽到辭世詞這件事，感覺好像是幾天前發生的。雖然我對救人一命的事沒有真實感，但聽說因為我用吸塵器把糊糬吸出來，救了水森奶奶一命，才沒有釀成大禍。

中午過後，送水森奶奶去K醫院的大叔一回到老人安養院，就向我鞠躬道謝說：「謝謝妳幫了大忙。」難怪沒有看到他的人影，原來他也坐上救護車，一起去了醫院。那不是大叔的錯，是負責水森奶奶的照護人員以為訪客送來的是果凍，沒有仔細檢查，又讓需要吸痰的水森奶奶一個人去了露台，才會發生這種意外。

這裡只有幾個負責照護的工作人員，要同時照顧一百個老人，無法一對一地貼身照顧，即使發生了意外，也不會追究個人的責任。更何況打雜的大叔只是剛好在露台上，根本不需要向我道謝。

但大叔在休息時為我泡了咖啡，還送我到公車站。當我下車時，他親切地對我說：「今天真的很感謝妳，希望妳不會被今天的事嚇到，明天繼續來幫忙。回家的路上要小心。」當時，我被他判若兩人的態度嚇到了，但回到家後，才漸漸感到高興。這種感覺，有點像是慢慢發揮效力的痠痛貼布。

吃晚餐的時候，我把今天發生的事告訴了爸爸和媽媽——當然，我沒有提到水森奶奶痛苦掙扎的樣子，他們都為我感到高興。爸爸說：「敦子，也許妳很適合當照護師。」媽媽也說：「那就去讀社福相關的大學，到時候再考相關的證照。」然後他們開始熱烈地討論起來，說什麼S社福大學很難考，市公所誰誰誰的兒子在讀那所大學，找時間去向他打聽一下。

我救水森奶奶純屬巧合，爸爸和媽媽也太單純了。

但是，以前我從來沒有考慮過升學或是將來的事。我現在才發現，高中生涯已經過了將近一半。櫻宮高中的升學率不高，繼續升學的學姊讀的幾乎都是短期大學或專科學校。

哥哥大學畢業後就直接在大阪工作了，我一直覺得自己以後會住在家裡，爸爸會幫我安排工作，我相信爸爸和媽媽也希望我這麼做，沒想到他們這麼興奮地談論大學的事，難道他們心裡希望我繼續升學？

他們只是不想給我壓力，所以從來沒有提過，其實應該希望我更用功讀書吧……

不知道由紀有什麼打算。她會繼續升學嗎？她應該可以考進不錯的大學，她的目標會不會是東京那些很難考的學校？她經常去圖書館，我原以為她只是喜歡看書，她該不會是去那裡用功吧？

她以後想當什麼？雖然我和由紀整天在一起，卻從來沒有討論過將來的事。也許她和紫織會聊這些事。我想起來了，之前紫織拿了一本書給由紀，因為看起來很難懂，所以我也沒說想要看，她們是什麼時候聊到了書的事？難道……

也許她給紫織看了〈小夜走鋼索〉。

也許她告訴紫織那個故事是以我為藍本創作的，然後一起在背後恥笑我。

如果我沒有多管閒事，今天就可以看到屍體了。也許我也可以像紫織一樣，成為了悟死亡的人。

但是，即使水森奶奶死了又怎麼樣呢？我不認為我會像紫織一樣想要談論死亡，也不想和別人分享這件事。

況且，我根本不認為今天發生的事會對我造成任何影響。

我想起水森奶奶因為窒息而發紫的臉。她當時很痛苦，眼淚和鼻涕流了滿臉，滿是皺紋的手抓著臉頰，血都流了出來。不管是吃飯或晚上起床上廁所時，我都絕對不願意想起那張臉……不吉利。對，這就是最貼切的形容。

雖然她是和我以往的人生完全沒有交集的陌生人，但我仍然不希望她用這種方式死去。既然已經活了這麼久，希望她可以回顧以往的人生，留下富有哲理的話，再向周遭的人道謝後，在床上靜靜地、彷彿熟睡般地死去。

我是不是不該對老人安養院抱有期待？我覺得那件事已經不重要了，眼前最重要的事，就是再認真工作十天，把缺席的體育課補完。

由紀最近在忙什麼？結業式那天，她說暑假要忙家裡的事，之後也沒有發簡訊給我。平時一向都是我寄簡訊給她，即使我寄了很用心寫的簡訊，她也只回傳給我沒有圖文字的文字簡訊，有時候甚至只有寥寥幾個字：我會去。知道了。幾點。不去……簡直就像大叔傳的簡訊，不，大叔傳的簡訊也應該比她更有內容吧！

在由紀傳簡訊給我之前，我絕對不和她聯絡。

七月三十一日（五）

＊

我在探訪時間開始的十點整去了病房，只見肉包子一個人在病房內。

「他很快就要動手術了，現在去做檢查了——妳手上的是伴手禮嗎？」

我看著小昴空空的病床時，手上的紙袋被他搶了過去。

「原來是鮮奶油的蛋糕，我不能吃……」

肉包子打開盒子後嘀咕道。這種蛋糕一個要五百圓，我還特地幫你也買了一塊，你居然說這種話。肉包子小心翼翼地把盒子蓋好後，放在病床上的桌子上，一臉嚴肅地看著我。

「櫻花，成功率百分之七會死嗎？」

「——啊？百分之七？」

「手術的成功率。」

成功率百分之七不就是代表失敗率百分之九十三嗎？是肉包子要動手術嗎？不，成功率這麼低，醫務人員應該不可能告訴當事人。

「你是說……小昴？」

肉包子默默點頭。

小昴的病情這麼嚴重嗎？……雖然我來這裡是為了看人死去，但聽到具體的數字，卻不知道該怎麼面對。

「只要不是零就有希望。」

「妳不要說和岡姨一樣的話。我覺得……應該會死。」

「不能輕言放棄，任何事不試試看，怎麼知道結果？」

「櫻花，妳不是高中生嗎？要面對現實。妳出門的時候，如果知道下雨機率是百分之九十三，妳會不帶雨傘就出門嗎？」

「我會帶傘啊！」

「對吧？這是一樣的道理，必須以死為前提思考事情——接下來，我要和妳商量一個秘密。」

肉包子確認了牆上的時鐘，嘀咕了一句：「時間還來得及。」

「我希望在死之前，可以實現他的心願。但只有我一個人沒辦法做到，所以需要妳的協助。」

實現心願……雖然他說話的語氣老氣橫秋，卻用真誠訴說般的眼神看著我。肉包子內心已經認定小昴會不久於人世，他是在接受這個事實的基礎上拜託我。

「……你想為他做什麼？」

「我想請妳把小昴的爸爸帶來這裡。」

「他爸爸？」

「小昴的父母離婚了，聽說是因為他爸的原因，他媽單方面斷絕了他們父子關係，既不讓他們見面，也不告訴他怎麼和他爸聯絡。這些都是大人的事，和小孩子沒有關係，小昴想見他爸。」

肉包子把手伸進枕頭下。

「給妳。」

他把一張已經變得縐巴巴的長方形淡藍色小紙片放在我面前。

——希望能見到爸爸。

「這是七夕情人節的時候，大家一起寫的，我看到他把第一張寫的丟進了垃圾桶，所以很想知道他寫了什麼。」

那是許願卡。

「我希望在他手術的前一天偷偷把他爸找來，讓他們見一面。即使是很困難的手術，他也有力量可以克服。拜託啦！已經沒有時間了。」

「他什麼時候動手術？」

「下週三。」

「只剩下五天了？你為什麼不早說？但我覺得拜託小昴的媽媽是最可靠的方法，要不要我幫忙拜託她？」

「不行。因為他爸的關係，他媽精神出了問題，如果拜託她這種事，會讓她病情更加惡化。」

「那其他親戚呢？編一個理由，向他媽媽打聽其他親戚的電話應該沒問題吧？」

「我覺得最好還是打消這個念頭，因為好像關係都不是很好，偶爾來看他的阿姨也很壞心眼。」

小昴即將接受成功率只有百分之七的手術，卻要為家人的事煩惱。上次小昴問我，地獄的書是不是我爸爸幫我買的，也許他是想拜託我幫他找爸爸。

但是，小昴很有禮貌，不會提出這麼不知分寸的要求。肉包子看了不忍心，所以才想到這個計畫。

我為不久於人世的男孩完成心願，然後再送他離開。這麼一來，小昴的死就可以成為我難能可貴的經驗。

「你對他爸爸瞭解多少？」

肉包子從床頭櫃的抽屜裡拿出便條紙。

「只知道他的名字和之前的公司，聽說他業績拿到第一名，還帶全家去了迪士尼樂園。」

「之前的公司？那現在呢？」

「不知道。」

我接過便條紙。

「這個名字正確嗎？」

「嗯，這個名字很有趣吧。他經常說，做業務的人，能讓客戶記住自己的名字最重要，必須感謝父母……這也是小昴告訴我的。」

「萬一他新的工作是去國外的話怎麼辦？即使只是去了北海道、沖繩之類的地方，恐怕也很難找到吧！」

「連照片也沒有嗎？」

「這一點不用擔心，小昴說，之前聽親戚的阿姨不小心透露，他爸還在本市。」

「全都被他媽銷毀了，但聽說很有女人緣。」

小昴這麼帥，他爸爸一定也很帥氣，搞不好也是因為他偷腥才導致離婚。帥氣父子催人淚下的重逢——我真想親眼目睹一下。

「……好，我會試一下。」

「妳說到做到嗎？」

「這我就不知道了。」

「為什麼？」

「因為無法遵守的約定根本沒有意義，但我會盡力而為。」

「——對了，還有一件事，即使找到了，在帶他來這裡時，也最好不要告訴他小昴的情況。」

「為什麼？」

「雖然這是要給小昴意外驚喜，但如果只有他爸知道很多他的情況，不是很討厭嗎？小昴就是這種個性啦！最好能夠瞞著他爸，讓他們意外見面——即使這麼做有困難，也要儘可能多一點驚喜。」

「希望可以如願啦……」

「接下來就看妳的本事了——不，真的麻煩妳了，這是我一輩子的懇求。」

肉包子跪在床上說。雖然我不知道肉包子的病情多重，但聽了小昴的事後，覺得病人說的「一輩子的懇求」真的是用這一輩子在懇求。

兩名走向死亡的少年之間的友情……一旦成功，或許會驚天動地。

「好啊，你不必向我磕頭啦——我向你保證，一定會把他爸爸帶來這裡。」

「真的嗎？」

肉包子滿臉笑容地抬起頭。

「慘了，這個要收起來。」

肉包子把許願卡塞回枕頭底下。上次小昴也一樣，他們都把重要的東西藏在枕頭下面嗎？

「你對朋友真好。」

「有沒有對我刮目相看？」

「一點點啦！對了，你爸爸是怎樣一個人？」

「我爸哦……」

門打開了，小昂走了進來，他纖細的手臂上用膠帶貼著摺起的紗布，不知道是否剛才打了針。

「啊，櫻花姊姊，妳來啦！」

他看似比平時蒼白的臉上露出笑容。

「喂，小昂，櫻花買了蛋糕給我們。」

聽到肉包子這麼說，小昂打開盒子張望。

「嗚哇！看起來好好吃的樣子。我最喜歡吃蛋糕了，姊姊，謝謝妳。」他滿臉笑容地說。

成功率百分之七。小昂可能只剩下五天的人生能不能畫下完美的句點，就取決於我。我今天下午就打電話到他爸爸之前的公司打聽。那些缺乏感動的無聊大人只要聽到可以為罹患不治之症的少年實現最後的心願，或許在電話中就會說出他爸爸的下落。

＊＊

星期五下午是文化活動。今天是「朗讀會」，由名為「小鳩會」的志工團體來為老人朗讀。由於只是朗讀書籍，因此，只要排好椅子讓老人坐就好。今天很難得地很快完成了打掃工作，上午就做好了準備工作。

今天的朗讀會要特別表演人偶劇。午餐之後，大沼阿姨告訴我們，說設置舞台可能需要人手幫忙，於是，我和大叔提前去了多功能活動室。

一個看起來五十多歲的胖阿姨說「不需要幫忙」。聽說今天要表演人偶劇，卻只來了這個戴著圍裙的阿姨，還有她帶來的一大袋道具。

大叔說，那些耳朵不好的老人今天可能也會來看戲，前面要多排幾張椅子，於是把放在房間後方的摺疊鐵管椅搬了過來。我原本打算幫忙，但只剩下十張椅子，所以我就看著胖阿姨做準備工作。

「今天的舞台是這個。」

胖阿姨拍了拍戴著深藍色素圍裙的大肚子說。

「妳聽過圍裙劇場嗎？」她露出好像會吃人的笑容問。

「沒有……」

「就是把這個圍裙當作舞台，妳看，就像這樣。」

胖阿姨從大袋子裡拿出用不織布做的樹木和房子，黏在圍裙上。

嗯，看起來的確很像是森林小屋。上面縫了魔鬼粘嗎？但那些老人看得到這麼小的人偶嗎？這個胖阿姨應該不會在意這種事，只是表演她想演的節目吧！

「很有趣吧！上次在S大學附屬醫院小兒科病房表演時受到熱烈歡迎，除了年幼的小孩子以外，就連小學五年級的大男生也都看得很高興。」

「是哦……」我正想附和，身後傳來「呃」的聲音。是大叔，他的手指被鐵管椅夾到了，不知道是不是流血了，他吸著右手食指。

「你沒事吧？」

我第一次看到有人被鐵管椅夾傷，他的笨手笨腳簡直有點離譜了。

「我去醫務室一下。」

只不過流了幾滴血，真是大驚小怪。

「他沒事吧？」胖阿姨一臉擔心地問。這裡簡直變成了大驚小怪劇場。

「對不起……」雖然不干我的事，但我還是脫口道歉。

「對了，妳要不要試試圍裙劇場？」

胖阿姨收起前一刻的擔心，好像變臉一樣面帶笑容地問我。

「演人偶劇嗎？不行，絕對不行。」

「沒關係，都是一些大家耳熟能詳的故事，很簡單啦！」

「我今天第一次看，怎麼可能會演？」

「是嗎？……上次有一個高中女生，她也是第一次就上台表演了。」

「那個人與眾不同，啊，對不起，我要去一下醫務室。」

我急忙衝出多功能活動室。居然要我在別人面前演人偶劇，開什麼玩笑。況且，耳熟能詳的故事是什麼意思？沒有劇本嗎？不必練習嗎？突然要求我在人前表演簡直就是懲罰或惡整嘛！如果是由紀，一定可以當著那個胖阿姨的面這麼說，但我做不到。

不過，我倒很想見識一下由紀面無表情地演人偶劇。應該很有趣吧！

大叔到底在幹什麼？只是消毒一下，貼一塊ＯＫ繃而已。搞不好護士太忙，沒空理他，他自己在處理。一塊ＯＫ繃就可以搞定的傷口，他可能要浪費三塊吧！

真拿他沒辦法，我去幫他貼一下……

我搭電梯來到醫務室所在的一樓，看到大叔站在正門口，拚命向某個人鞠躬。

對方是四十多歲的阿姨。難道是住在這裡的老人家屬嗎？他又做錯了什麼事嗎？不，好像不是這樣，他貼了ＯＫ繃的手接過一個漂亮的紙袋，那是我家附近的蛋糕店，一塊草莓蛋糕就要五百圓，真好……咦？

仔細一看，發現遞上紙袋的阿姨我見過。

——是由紀的媽媽！

她為什麼會來這裡？該不會由紀的阿嬤住在這裡？這裡有姓櫻井的嗎？問題是，她為什麼要送點心給大叔？……

有一種強烈的不祥預感。我躲在柱子後面，不讓他們看到我。

由紀的媽媽走了。她走出自動門後，又回頭向大叔一鞠躬。大叔也向她行了好幾次禮，直到完全看不到由紀媽媽的身影。

他轉過身。

「妳不要害羞，應該出來打聲招呼，當初是妳救的人。」

「……她是水森奶奶的家人嗎？」我從柱子後方探出腦袋。

「對，是原本住在一起的女兒。那天她先生和女兒也都去了醫院。」

被我猜中了。果然是這樣。我雙腿發軟，幾乎無法站立，整個人軟趴趴地蹲下來抱著頭。住在一起的阿嬤並不一定姓氏相同。

水森奶奶的女兒是由紀的媽媽。

我救了由紀的阿嬤，救了讓由紀左手受了重傷的人……

「妳不舒服嗎？」大叔走了過來。

「水森奶奶的家人有沒有說什麼？說我們多管閒事之類的。」

「怎麼可能？他們怎麼可能這麼態度惡劣。他們沒有責怪我們，應對的態度也很真誠，今天還特地上門道謝。」

「他們知道我……」

「不好意思，一直沒機會說。人家特地送蛋糕來，我剛才應該找機會告訴她。」

「不行，絕對不能說！」我猛然站了起來。

「是嗎？不過，蛋糕可以讓妳最先挑選。」

大叔一臉錯愕的表情把蛋糕盒遞給我，我接了過來。蛋糕盒是雙層的，裡面似乎裝了不少蛋糕。不過，不能因為由紀媽媽送了蛋糕就以為可以高枕無憂，因為由紀家向來很注重禮節。

那家人都是面無表情的撲克臉。由於他們向來不會把感情寫在臉上，所以心裡一定恨得牙癢癢的，至少由紀是這樣。

如果被由紀知道是我救了她阿嬤——我不敢想像。

＊

東洋房屋株式會社。總公司設在東京，全國各地都有分公司，最近的分公司位在本縣人口位居第二名的F市，從我家搭電車要一個半小時。

我打電話到東洋房屋F分社，電話中傳來女人開朗的聲音。

我報上了自己的姓名和學校後，向她打聽小昴的爸爸，對方告訴我，他去年六月底就離職了。我請她告訴我聯絡方式，她回答說不知道。我又請她為我介紹認識小昴爸爸的人，也遭到拒絕。我向她解釋，因為他兒子生病，所以想要找他，再度遭到了拒絕。

因違反個人資料保護法，恕無法提供相關資料。

即使我去了F分公司，恐怕也會吃閉門羹，所以我決定去附近的住宅展示場，騎腳踏車只要十五分鐘就到了。

「櫻宮房屋園地」是五家建商陳列樣品屋的展示場，東洋房屋的樣品屋位在最裡面的位置。

白色魚鱗狀的油漆牆壁配橘色瓦屋頂的樣品屋玄關前，掛著「A型 普羅旺斯之風」的招牌，不知道是否為了營造法國南部的風情，花圃內種了五彩繽紛的花草。

推開木門後，一個年輕女人笑容滿面地上前迎接，「歡迎光臨。」看到她親切的笑容，我不禁充滿期待。

「不好意思，在你們工作忙碌的時候上門打擾。我想請問以前曾經在東洋房屋工作的一位員工的聯絡方式，可不可以請妳告訴我？」

年輕女人仍然帶著笑容，一臉歉意地婉拒了我。

因違反個人資料保護法，恕無法提供相關資料。

一模一樣……根本只是照本宣科嘛！

有一個可憐的小男生要動手術，成功率只有百分之七，我想完成他的心願。即使我苦苦哀求，恐怕也無法奏效，繼續留在這裡只是浪費時間。

打擾了。我道謝後，離開了「普羅旺斯之風」。

真傷腦筋。正當我心不在焉地往回走時，有人叫住了我。

「要不要看一下本公司的樣品屋？」

在東洋房屋隔壁第二家的「三條家園」前，站了一個身穿西裝的大叔。他以為我在做調查房屋的暑假作業嗎？

「不用了，我只是在找人，謝謝。」

「那個人之前在東洋房屋工作嗎？」他剛才看到了嗎？

「聽說他去年六月就離職了，目前不知去向。」

「是誰啊？負責這個地區，去年六月辭職的……是不是姓吉雄還是高雄之類很奇怪的名字？」

「對，就是他！高雄！你認識他嗎？」

「因為我們經常和其他公司一起舉辦聯合促銷活動。外面太熱了，進來坐吧！」

他帶我走進富麗堂皇的高級樣品屋，樣品屋從柱子到壁紙都很高級，最大的賣點應該是鋪在玄關大廳，一整塊從巴西進口的花崗石，感覺比「普羅旺斯之風」的造價更昂貴。

走進冷氣充足的客廳後，他請我在柔軟的皮沙發上坐下。我喝著他端給我的冰咖啡，向他說明了情況。

「妳不知道他為什麼離職嗎？」

「不知道。他為什麼離職？」

「算了，既然妳不知道，那就不用提了，我不喜歡說長道短地談論別人的八卦。哦，妳不必擔心，我會把妳想知道的事告訴妳。不過，這屬於個人資料，我願意為了妳破例，把照理說不能透露的事告訴妳——所以，妳要為我做什麼？」

我根本沒想過這個問題。

這些人一直把個人資料、個人資料掛在嘴邊，這些個人資料有那麼重要嗎？把一個大叔的聯絡方式告訴一個女高中生會有什麼問題？我還想知道要怎麼濫用這些個人資料呢！

這個世界上到處充斥著希望受到特殊對待的平凡人。

「我週末有點忙……星期一的時候，妳可不可去我指定的地方？我會請妳幫我做兩、三件事，只要妳照做，我就會告訴妳。」

「要我做什麼事？」

「像我這種中年男子希望妳這種高中女生做的事，如果妳不願意，可以不要來。下週一距離手術還有兩天，或許妳可以用其他方法查到。總之，由妳決定。」

他嘻皮笑臉地說完，從客廳的裝飾櫃上拿下一張廣告單放在我面前。廣告單上寫著：「三條家園展示場在夢之台開張了！」還有房子的照片和簡單的地圖。

「晚上八點到九點之間，我會在那裡等妳。」

**

休息時，我和其他職員一起吃了由紀媽媽送來的蛋糕禮盒。雖然如大叔所說，由我優先挑選了最喜歡的口味，卻一點都高興不起來。

「多虧妳機靈，救了水森奶奶一命，實在太感謝了。」

在我吃蛋糕時，所長親自來休息室向我道謝，但我很想反過來拜託大家不要再提這件事。

回家之後，心情仍然無法平靜。

我想要了悟死亡，想要親眼目睹屍體，卻反而救了別人一命。關於這件事，我並不感到後悔，只是我偏偏救了最不該救的人。命運太殘酷了，雖然我事先不知情，但水森奶奶偏偏是由紀的阿嬤……

由紀的阿嬤害她受了這麼嚴重的傷，她不可能不恨她阿嬤。

雖然現在由紀以為是大叔救了她阿嬤，但以後可能會知道真相。

到時候，由紀一定會報復——就像當初對待小倉一樣。

由紀沒有告小倉盜用她的作品，但她並不是什麼都沒做，所以，我才確信小倉盜用了她的作品。

今年一月底，在課堂上發了小說開頭部分影印單的幾天後。

那天的體育課是打籃球，所以，老師要求我和由紀去電腦室上網查籃球的相關資料，總結成一份報告。

我們分別坐在桌上型電腦前查資料，因為電腦室只有我們兩個人，查了一會兒之後，我就偷偷去了「LIZ LISA」的網站。

雖然我和由紀對服裝有不同的品味，但「LIZ LISA」剛好是我們兩個人都很喜歡的品牌。

但是，以我們的能力，最多只能買手帕而已，而且光是一條手帕就要兩千圓。網路上雖然可以買皮包和皮夾之類的商品，卻買不到澀谷總店的限量商品。我看時尚雜誌《茱麗亞》時，每個月都會用簽字筆勾出「我好想買」的商品，但勾完之後就不會有下文了。

當我專心地看新商品介紹時，由紀從書包裡拿出了筆電。我記得她沒有筆電。

「妳終於買了嗎？」

我問。但筆電表面已經有不少小刮痕，當她翻開時，發現黑色的鍵盤已經有點褪色了，好像已經用了很久。

由紀沒有回答，打開了電腦，用熟練的動作操作著鍵盤。密碼……KY……「Kyomu」是什麼？

「妳真熟練。」我佩服地說。「電腦課不是有學過嗎？」她冷冷地說，把電腦畫面轉向我。

「小水手、之愛、日記？」

是部落格嗎？上面的文章好像日記，下方的三張照片是一個和我們年齡相仿的女生與一個大叔的合影。那個大叔是班導師小倉。

「小倉的部落格嗎？」我問由紀。

「不是，我猜是他的私人日記。」

「妳怎麼會有他的日記？」

「因為這是小倉的筆電。剛才我去拿電腦室鑰匙時，順便帶過來了。他去上課了，電腦就放在桌上。」

由紀若無其事地說。

「妳怎麼知道密碼？」

「虛無（kyomu）？小倉以前辦的同人誌的名字，他不是經常在上課時大肆吹噓嗎？之前告訴我們郵件信箱時，他不是說，自己所有的密碼都用這個嗎？」

「這樣不好吧？」

「只要在下課之前把報告交去辦公室時，順便放回去就沒問題了。」

「不是，我是說這個日記。妳怎麼知道他寫日記？」

「第一次是在運動會的時候發現的，當時還沒有寫這些東西，只是普通的日記而已。昨天放學後，在老師開會時我去偷瞄了一下，發現了這個。因為太有趣了，所以我想讓妳也看一下。」

由紀把頁面往前拉。聖誕節，兩個人在一家看起來有點貴的飯店裡洗泡泡澡，穿著紅色透明的不知是內衣還是角色扮演的衣服，接吻、用香檳乾杯……上面有許多養眼的照片。

「他怎麼敢把儲存這種內容的電腦帶來學校？」

「因為缺乏危機感和自覺，就好像那些女生會把和男朋友照片設定成手機的待機畫面。」

「這個女生是我們學校的嗎？」

「不，不是，所以之前才沒有發現。即使不是自己學校的學生，成年人和未成年人發生關係就是犯罪。妳看。」

由紀指著其中一篇日記。

她是以體育專長推甄進入黎明館的小水手，能夠理解我的文學，想必腦筋很靈光，和櫻宮這些人渣屬於不同的人種。

「有時候還會寫一些莫名其妙的詩。」

由記說著，打開了其他日期的內容唸了起來。

「啊，我的天使小水手，玫瑰色的雙唇，藍寶石般的眼眸。為了妳，我可以忍受百年的沉睡……那個女生明明是日本人，不知道她叫什麼名字，也許叫聖子之類的。而且，睡美人中根本不是王子沉睡。」

由紀在讀小倉寫的奇怪的詩時，好像還說了類似的話。

接著，由紀做出了驚人之舉。她拔下了桌上型電腦的網路線，接到筆電上。

然後，她點開郵件的畫面，從通訊錄中選擇了學校相關人員的群組。沒有主旨，也沒有郵件內容，只有附加檔案──傳送。

「完成了。」

她把網路線接回桌上型電腦後，關掉了筆電。

「妳把那些日記寄出去了嗎？」

「怎麼可能？我不會做這麼傷天害理的事啦！這會害他丟了飯碗──我只是警告他，這麼毫無防備，下次我就會轉寄他的日記。我去把電腦還給他。」

她拿起不知道什麼時候已經寫好的報告走了出去。

小倉在三月離職了。

由紀那天寄的是全年級的國語成績表。雖然看到十級分的評分沒什麼好高興的，但我以為不可能有什麼太大的反應，沒想到在老師辦公室引起了軒然大波。報紙上也刊登了這個消息，家長紛紛到學校抗議，但大家在教室裡只是議論「小倉好笨哦」而已，所以在聽到他辭職之前，根本沒料到事情會鬧得這麼大。

也許轉寄那些日記才更刺激。

由紀一臉事不干己地聽著小倉向大家道別，這種發展在她的意料之中嗎？一切都符合她的計畫？因為小倉盜用了她的作品，所以她逼小倉離職。如果她知道我救了她阿嬤，她的報復一定會可怕好幾倍……

我心情鬱悶，頭昏腦脹，身體也開始不舒服。雖然倒頭大睡就可以忘了一切，但我仍然必須去確認一下學校的社群網站。

現在是暑假，我和學校的同學完全沒有交集，應該沒有人寫我的壞話，但不確認一下還是會感到不安。每天都會有新的留言，不知道有沒有其他人和我一樣，每天不去確認一下，或是順便留言幾句就無法安心入睡。今天的留言都是援交的爆料……援交嗎？不知道小倉和那個小水手到底是什麼關係。

櫻宮校園社群網站連結了附近其他學校的社群網站，可以輕鬆連過去瀏覽，我只有在黎明館的社群網站留言過一次。就是那一天，看到小倉日記的那一天。

我很生氣小倉居然在日記上說，和以體育專長推甄進入黎明館的小水手相比，櫻宮的學生都是人渣。他根本是指著我的鼻子在罵我人渣，雖然我有自知之明，但被別人挑明了說，會讓我忍無可忍。

所以，我去留了言。

「小水手是援交狂。目前援交的對象是盜用別人作品的大叔，這個世界為他們而存在，其他人都是人渣。」

小水手是小倉幫那個女生取的暱稱，我寫這些內容根本沒有意義，但寫完之後，我感覺心情暢快。然而，第二天就開始膽戰心驚。

現在回想起來，那根本沒什麼，和由紀對小倉所做的事相比，我做的事太小兒科了。

不知道小水手現在怎麼樣，她知道小倉死了嗎？已經隔了這麼久，乾脆去黎明館的社群網站瞄一下。即使會發生什麼事，時效也已經過了。

我以前從來沒有仔細看過黑色畫面角落的連結，這時才發現在黎明館社群網站旁，有一個看起來就很不吉利的網站連結。

死亡預言書？這是什麼？什麼時候出現的？我擔心會惹麻煩上身，卻又很在意「死亡」這兩個字。

瞄一下就好……

太猛了。上面寫了一大堆自殺預告和殺人預告，雖然隱藏了自殺地點、想要殺的人所讀的學校或公司的名字，但大部分都可以猜出來，幾乎都侷限在這附近的地區。

大部分都是寫好玩的，但其中一定隱藏了真正的預告。

我目不轉睛地看著畫面，突然看到一個意想不到的名字。這是……

「八月四日（二）因果報應！Takao×2下地獄！」

是高雄孝夫？──是大叔。即使想要杜撰，也很難會想到這種名字。絕對就是大叔。

如果對象是高中生，或許只是寫好玩的，但大叔是有一把年紀的大人，別人不可能在這裡和他亂開玩笑。我不知道這個預告的可信度，但既然有人在這裡寫這種死亡預告，就代表有人痛恨他。

儘管他笨手笨腳，但看起來不像是會做壞事的人，為什麼會有人恨他？雖然我不瞭解大叔，但他應該不至於做會引來殺身之禍的壞事。

應該是我搞錯了，可能有一個叫某某孝夫的男生，他女朋友叫他Takao Takao，結果他劈腿被女朋友發現了……不，等一下。

有一個人。

由紀。

有人救活了她痛恨的阿嬤，所以她也痛恨那個人。那個人就是大叔。

由紀絕對會向大叔報仇。大叔犯了比小倉的盜用行為更重的罪行，她不可能在這裡寫一寫殺人預告就發洩了心頭之恨。

她會一臉若無其事地執行。

＊

我躺在床上思考。

小昴要在五天後動手術，成功率是百分之七，死亡率是百分之九十三。

五天後，我可以看到他死去。為了讓這個瞬間更完美，我必須付出某些代價。

在小昴動手術之前，要讓他見他爸爸一面——要讓他在死前見他爸爸一面。

為此，只要和三條家園的大叔，我忘了問他的名字，反正只要和那個「三條」上床就好。

難道沒有其他方法可以查到小昴爸爸的下落嗎？我在網路上輸入他的名字和之前的公司名字，也查了電話簿，甚至打電話去市公所，都一無所獲。沒想到已經知道一個人住在同一個城市，還知道他的名字和之前的公司，要尋找這個人的下落竟然這麼困難。

只能向三條打聽了。

既然上床是手段，就沒什麼好惺惺作態的，只是他成為我初夜的對象似乎有點那個。雖然還有可以為罹患不治之症的少年實現心願這個附加價值，但也未免太可悲了。

我更不願意三條得知我是第一次而沾沾自喜。

為了見證淒美的死亡瞬間，心裡絕對不能留下不愉快。當小昴問我：「姊姊，妳怎麼找到我爸爸的？」時，如果我的眼前浮現出三條的臉，所有的氣氛都會被破壞殆盡。

不如先和牧瀨上床……

雖然他那副好像只有自己了悟死亡的態度讓我很火大，但我並不討厭他。當初我在圖書館不小心把書掉在地上時，他幫我撿起來，我們就這樣相識了，我很喜歡這種就連時下的少女漫畫都不會出現的邂逅方式。

但是，到底該怎麼做？無論如何，已經沒有時間了。

……煙火大會。

我立刻發了一封簡訊。

明天的煙火大會，你約了人嗎？我知道不該影響你讀書，但還是很想和你一起去看。由紀。

五秒後，我就接到他回我的簡訊。雖然他太猴急了，但今天卻讓我覺得特別棒。

到時候我只要穿上浴衣，應該就可以搞定。不，一定要成功。

一切都是為了見證最完美的死亡時刻。

第四章。

八月一日（六）

＊＊

我們要把那些老人的書法和畫作貼在三樓走廊的佈告欄上。大叔負責貼上層，我負責貼下層。

自從看到殺人預告後，我開始在意大叔。無論工作、吃飯還是休息時，每當我一回神，就發現自己盯著大叔看。由於看得太頻繁了，大叔問了我三次：「我是不是又做錯了什麼？」

我每次都裝傻反問他：「啊？你說什麼？」但他察覺女生在看他，居然想到的是自己做錯了什麼，未免太悲哀了。他搭電車時，如果被人踩到腳，也一定會向人道歉說「對不起」。

之前看到一個知名的女占卜師在電視上說，世界上有兩種人，運氣好的人和運氣差的人。大叔應該屬於運氣差的人，當然，我也不例外。

大叔雖然很努力做好自己的每一項工作，卻還是會給別人添麻煩；排放鐵管椅時，會被夾到手指；縱使他誇張地對那些老人叫「大人～」，試圖炒熱氣氛，卻反而讓氣氛變得更尷尬。

剛才他還把圖釘全都撒在地上。雖然我有點受不了他，但更令我感到難過的是我可以預測到他之後的行動。

「哎呀！對不起，對不起，對不起……」

大叔誇張地說著，急忙把圖釘撿了起來，卻完全沒有察覺盒子裡都是頭髮和灰塵。他並不是故意的，雖然他的確不夠細心，但更主要的原因是他的注意力都集中在收拾殘局上。

擔心惹人討厭，擔心別人受不了自己，擔心別人認為自己不能幹，以及擔心受到大家的排擠。

也許我在學校時的表現就和大叔差不多。雖然我不願意承認，但來這裡後，每次看著大叔感到難過時，這種感覺就越強烈。

由紀和我在一起時一定覺得很累。

直到今天，都還沒有收到她的簡訊。老人安養院內禁止用手機，所以我總是關機後放在更衣室的置物櫃中，但今天我設定成震動，偷偷把手機放在長褲口袋裡。很快就要下班了，也許乾脆關機，告訴自己由紀原本打算邀我去看煙火，只是沒聯絡到我更輕鬆。

不知道由紀在幹什麼？寫殺人預告的真的是由紀嗎？如果真是她的話，她打算怎麼殺大叔？

小倉那時候也一樣，由紀做事絕不手軟。她平時就經常把「那有什麼辦法」這句話掛在嘴上。班上有一個女生，大家都不理她，我說「她真可憐」，由紀卻冷冷地說：

「她和其他人一起順手牽羊，卻不敢承認，那有什麼辦法。」

而且，她這個人有始有終，或者說做事一板一眼。即使抽籤抽到下下籤，抽到她很不喜歡的工作，一旦接受，她絕對會完成到底。也許她覺得與其說「我做不來」或承認自己做不到，她情願咬著牙堅持到底。

這麼看來，我也許不是看到那些老人死去，而是將透過大叔了悟死亡。他會因為我而被人殺害。雖然只要我把真相告訴由紀，就可以拯救大叔，但我絕對做不到。

如果連由紀也討厭我，我就孤獨無依了。

「草野，麻煩一下。」

站在梯子頂端的大叔叫我。

「圖釘嗎？」

「不是，這張畫太重了，我想多釘幾個圖釘，妳可不可以幫我扶一下那裡？」

抬頭一看，大叔正在用大圖釘固定一塊塗了很多顏色的水彩畫畫布。我伸手想扶畫部的底部，卻差那麼一點點。

「我搆不到。」

「不是，妳站在梯子上。」

大叔為難地說。我絕對不要站上梯子，絕對不要雙腳離開地面。我不要站在那麼不穩的地方，我不想再跌倒。

「我說不行就是不行。不行不行不行……」

眼前突然發黑，好像手指用力按在眼皮上。我無法呼吸。救救我，救救我……由紀，救救我。

＊

我在和上次相同的時間去了醫院。今天只有小昴在病房。肉包子去做檢查了。原本特地跑來告訴他，事情可能有了眉目，這小鬼真不會挑時間。不，搞不好他故意避開我，讓我無法悔約。

別以為他一臉傻乎乎的，原來這麼精明。

我把在車站前新開張的懷舊柑仔店買的零嘴禮盒遞給小昴。

「好像廟會哦！」他一臉欣喜。「姊姊，妳今天會去看煙火嗎？」

「嗯。」

「真羨慕。我小時候也每年都去看煙火，爸爸、媽媽和我三個人穿上浴衣，去路邊攤又吃又玩，然後去海灘那裡看煙火。」

「海灘？這附近的話，是松濱海水浴場嗎？」

「對，對，那裡是內行人才知道的好去處，沒什麼人，也看得很清楚。那是我爸爸告訴我的……那時候真開心。」

他連聲說著：「爸爸、爸爸」，那一定是他的快樂時光。

「等你身體好了，還可以再去嘛！」

小昴露出「這個嘛……」的表情。我不小心說了未經大腦思考的話。雖然他應該不知道成功率只有百分之七，但也許已經作好了心理準備，知道要動一個大手術。

為了改變話題，我拿起他放在病床桌上的零食袋子，問他要不要吃？他說要問了護士以後，和小太一起吃。

「小太這個月也要動手術，我們正在互相鼓勵，我不能一個人先偷吃。」

他的心地真善良。雖然我不知道現在的小學生是不是都像他們一樣，但沒想到他連這種時候都會想到朋友。不知道他在臨死時會對肉包子說什麼。

我猜他會對我說：姊姊，謝謝妳。想到這裡，我頓時精神百倍。

「可不可以請妳削蘋果給我吃？」

他有點靦腆地問。小昴的床頭櫃架子上有一個紙袋，裡面有六個蘋果。他說是岡姨送他的。

「刀子在最上面的抽屜裡。」

打開抽屜，發現裡面有一把水果刀，刀刃的部分有套子。

「小昴，對不起，可不可以不要削皮，我幫你切開就好？」

「我知道了，原來妳不會削皮。」

「不是啦……我之前受過傷，現在左手的握力只剩下三。」
「妳是左撇子嗎？」
「不，我用右手，但削皮的時候，不是要用左手拿著蘋果嗎？」
「是哦……給我。」
我把蘋果和水果刀遞給他，他開始削了起來，靈巧地用左手轉動著蘋果。
「你好厲害。」
「我練習過，所以想吃的時候就可以自己削來吃——我左手的握力只有六，右手只有九，很弱吧？但削蘋果皮時，只要有力氣握住蘋果和刀子就夠了，再配合靈活轉動手腕……這是爸爸教我的。」
又是爸爸，也許他整天都在想他爸爸。
「那我也來練習一下。」
「我會教妳。今天我已經削好了，在我手術之前，妳還會再來嗎？我下星期三動手術。我想最後為妳做點事，做為我們成為好朋友的紀念。」
「最後……」
這時，門打開了，肉包子走了進來。
「櫻花，原來妳來了。」
這小鬼還是這麼不懂規矩，但他回來的正是時候。
「對了，上次的事怎麼樣了？」

他一邊物色著零食，一邊不經意地問。小昴問他：「是什麼事？」他淡淡地回答：「地獄的書啦！」他的演技真不錯。

「好像有了眉目，包在我身上。」

聽到我這麼說，肉包子居然一臉嚴肅地向我鞠躬說：「拜託妳了。」

這小鬼也很講義氣。

**

我在醫務室醒來。我又犯了老毛病……已經七點多了。我只記得大沼阿姨說要打電話去我家，我大喊著：「千萬不要。」我不想讓媽媽知道我又引發了過度換氣症。

大叔七點半下班，所以送我去車站搭電車。當我坐在安養院車子的副駕駛座時，看到煙火在不遠處的上空綻開，是紅色的。

「今天是煙火大會，妳沒有約朋友一起去看煙火嗎？」

坐在駕駛座上的大叔隔著擋風玻璃邊看著煙火，邊問我。他果然問了我最不想提起的事。

「我怕去人多的地方，所以不想去看。而且，我朋友也不喜歡這種事。」

「是嗎？我問了不該問的事。」

大叔看著前方說。煙火又升上了天空。紅色的大花，綠、黃、藍……讀小學時，我們全家每年都會去看煙火，在市公所上班的爸爸都會申請預售票，可以舒服地在海邊的觀賞席欣賞。

如果不是在身體感受到煙火爆炸的震動，以為火星會掉在頭上的近距離觀賞，根本無法感受煙火的魅力。爸爸每年都會這麼說，但我發現遠遠地看也很漂亮。

「妳喜歡煙火嗎？」大叔問我。

「喜歡。」

「那我們去看得更清楚的地方。從這裡稍微往上開一點，有一片空地……啊，妳不用擔心，那裡是這一帶內行人才知道的好去處，應該會有其他人，但不會有太多人。」

怎麼辦？但我也不希望回家後，媽媽擔心地問我：今年還是沒辦法去嗎？

「那我傳一下簡訊回家。」

我拿出手機，大叔發動了車子。

車子經過我平時搭車的公車站，開了不到五分鐘後，前方出現一小塊空地，感覺像是讓沿著鋪了柏油的山路開到這裡，以為前面有什麼景點的車子掉頭的地方。前面的路沒有鋪柏油。

已經有三個家庭和兩對高中生情侶坐在塑膠布上看煙火。

「我剛好找到這個。」

我走下車站著看煙火，大叔拿了兩個安養院用的大垃圾袋鋪在地上。我穿著運動服，地上鋪的是垃圾袋，身旁是大叔，萬一別人以為我是被父親硬拖出門看煙火的宅女怎麼辦？不過，反正沒人看我們。

放眼望去，完全沒有任何東西擋住在遠方天際升起的煙火。這裡真的是頭等席。

上了中學後，我怕萬一被同學看到我和家人一起去看煙火很丟臉，所以就邀由紀一起去。由紀婉拒說：「兩個小孩子去看太危險了。」但媽媽打電話告訴由紀的媽媽：「我們有觀賞席的票，所以不用擔心。」結果，我就和由紀一起去了。

因為媽媽說我要穿浴衣，所以由紀的媽媽也幫她準備了浴衣。由紀板著臉說，是她媽媽幫她選的，但我知道粉紅色是由紀喜歡的顏色。

那件浴衣的布料不是粉紅色，而是白底上有粉紅色牽牛花的圖案，看起來很有女人味。我的浴衣是藍底的金魚圖案，所以對她羨慕不已。

但是，由紀第二年就沒再穿浴衣。

「煙火真漂亮。」

大叔嘀咕了一句。他看著天色已暗的天空，眼中泛著淚光。我以為他是為了我才帶我來看煙火，現在才發現應該是他自己想看。大叔也覺得一個人看煙火很孤單嗎？

他絕對不知道有人留言寫了關於他的殺人預告，如果我現在告訴他，不知道他會有什麼反應。我希望他會一笑置之，說：「妳怎麼會相信網路上那些亂七八糟的東西？」但這不像是他的作風。

也許會更垂頭喪氣，落寞地看著遠處的煙火……

「你在想什麼?」

「在想什麼呢?可能在想人生很脆弱,小心翼翼地堆積起來的幸福在轉眼之間就崩潰了。如今的我,簡直就像是小夜走鋼索狀態。」

「小夜……走鋼索?」

「有一篇短篇小說的題目叫〈小夜走鋼索〉。別看我是個老粗,我很喜歡文學。我記得是去年,那篇作品獲得了我每個月都定期購買的文學雜誌的新人獎。雖然沒有發行單行本,但我很喜歡那個故事,有時候會突然很想再拿出來看一遍。」

沒想到大叔居然看過〈小夜走鋼索〉。

「那本雜誌還在嗎?」

「在啊,但放在家裡——啊,我想起來了!我記得報紙上介紹說,作家是附近高中的老師,該不會是妳學校的老師吧?」

「沒錯啦!」

「是嗎?真厲害。開頭和結尾的詩也很棒,最精采的是主角——」

「等一下,你先別說,我還沒看過。我無論如何都很想看一看。」

「是嗎?那改天我帶給妳。」

「改天,要等到下星期……」

明天是星期日,我休假。我記得星期一輪到大叔休息,所以要等到星期二……不行,那是預告要殺大叔的日子,如果他在上班前被人殺了,我就看不到了。而且,既然知道他有雜誌，我想馬上看。

「可不可以今天就去你家拿？」

「不，時間太晚了，而且我也忘了收在哪裡，可能要花一點時間才能找到……」

大叔露出為難的表情。但是我很想看，錯過這個機會，又不知道要等到什麼時候了。

「沒關係，我無論如何都想馬上看。拜託啦！」

我無論如何都想知道，由紀對已經變成廢物的我有什麼看法，對由紀來說，我到底算什麼？我和由紀還是朋友嗎？

＊

離開醫院後，我先回到家，洗完澡後，讓媽媽幫我換上浴衣。

我很喜歡這件白底粉紅色牽牛花圖案的浴衣，但自從知道是阿嬤以前幫我做的，說讓我長大以後穿時，我就塞進被櫃裡，打算永遠不再穿了。今天只能破例了。

「妳要穿浴衣去嗎？真難得，敦子也穿浴衣嗎？」

「今年我和另一個同學去，是二年級轉學來的紫織。敦子去年出那種事，所以我沒邀她。」

我說了謊。雖然我說是和紫織一起去，但其實講誰的名字都一樣。媽媽除了敦子以外，並不曉得班上其他同學的名字。

「是嗎？妳幾點回來？」

「不知道，但不會太晚回家。」

「搞不好阿嬤的做法是對的——希望不會發生這種事啦！」

媽媽若無其事地叮嚀道，卻一語道中了要害。

才剛取消門禁，就和男生亂搞，結果闖了大禍——為了避免這種情況發生，是不是該去買保險套？要去哪裡買？如果這身參加廟會的打扮去買那種東西被鄰居看到的話……

我最怕媽媽有一天會變成阿嬤。

如果現在有什麼閃失，即使等我高中畢業後，也無法離開那個家。

也許牧瀨會準備。他馬上就要考大學了，他們那種好學校的校規也比較嚴格。話說回來，這傢伙很白癡，搞不好在結束後才發現不妙。三條在避孕問題上應該會安排妥當。

每次做愛都要考慮這種問題嗎？還是說，這種事不用考慮，船到橋頭自然直？

我和牧瀨約在舉行煙火大會的海岸大道附近的購物中心門口。先到的牧瀨一看到我就走到街上迎接，理所當然地牽著我的手。

街上擠滿了各式各樣的攤位。

「妳知道看煙火的好位置嗎？」牧瀨問。

以前，每年都是敦子的爸爸幫我們預購設置在堤防旁的觀賞席門票。對了……

「聽說松濱海水浴場是內行人才知道的好去處，從觀賞席直走就到了。」

「哦，原來在那裡也可以看到。那我們沿途先買點吃的。」

牧瀨說著，拉著我的手，走進路邊攤前擁擠的人群中。

許多外縣市的人都來參加這場在海上施放的煙火大會，在擠滿人潮的海岸大道上順利前進並不是一件容易的事，到處都傳來「不要停下不走」、「不要推」的吼叫聲，但和牧瀨走在一起，卻不會撞到別人或是停下腳步。他似乎很懂得順著人潮前進。

他用爽朗的語氣對炒麵攤的小姐說：「我要大盤的。」用輕鬆的口吻對油炸什錦蔬菜的大叔說：「我要剛炸好的。」沿途買齊了晚餐。

「妳每年都會來看嗎？」牧瀨問我。

「中學之後，每年都來看。」

每年都和敦子一起來看。

雖然我們今年的關係有點僵，但我並沒有忘記敦子。不過，即使我們在上學路上看到煙火大會的海報，也都避談這個話題。

去年的時候，敦子在擁擠的人群中發生了過度換氣症，因為我們遇見了進入黎明館、參加劍道部的中學同學。

敦子，好久不見。妳聽我說，我們再多贏一場，就可以參加全國高中聯賽了。如果有妳在，我們絕對可以進入高中聯賽。妳為什麼沒來黎明館？聽說妳現在也沒參加劍道部，好可惜哦！

妳們還有臉說這種話！我的話已經衝到了嘴邊，敦子摸著胸口，呼吸急促起來。我沒時間罵那幾個笨女生，用塑膠袋套住她的頭急救處理後，在開始放煙火之前，就和敦子一起回家了。

那幾個女生做了什麼？——敦子沒有告訴我，在她拒絕推甄入學後，我才從班上同學的口中得知，校園社群網站上有人寫她的壞話。何必理會別人在背後說壞話。我有點不以為然，但直到中學畢業，買了手機之後，我才親眼看到那些內容。

那並不是「壞話」這麼簡單的內容。

我為什麼沒有早一點發現？為什麼沒有在她放棄劍道之前、在她拒絕推甄入試之前發現這些事？為什麼在班上同學告訴我之後，我沒有親自看一下那些內容？

敦子因為網路上那些不負責任的留言迷失了自己，我能為她做什麼？我絞盡腦汁，苦思惡想，終於想到——

我要親手寫一些東西，只為敦子而寫……沒想到，事與願違。

我連煙火都沒辦法看了。回家的電車上，敦子哭了起來，我努力安慰她，但她一再堅稱：「由紀，妳根本不瞭解。」

在此之前，我不知道稿子被小倉偷了，一味懊惱自己弄丟了稿子，但那時候我聽著煙火的聲音，心灰意冷地想，即使我把那些稿子給敦子看，恐怕也無法改變任何事。

前進的速度變慢了。

不知道是不是每年的攤位都設在固定的位置。和去年一樣設在馬路中間、這個城市著名的蜂蜜蛋糕球店的攤位前大排長龍。去年的時候，我和敦子一起在攤位前排隊，為今年第一支煙火是什麼顏色打賭，猜中的人可以先吃熱騰騰的蜂蜜蛋糕球。這個有著甜蜜小回憶的地點也是敦子發生過度換氣症的地方。

聞到蛋糕甜甜的味道，我回想起去年的事，以及更早以前的事。

我怕人多擁擠的地方，很擔心會撞到人，所以總是裹足不前。

敦子卻不同，她走得比牧瀨更暢快。

在開始放煙火前，她總是東張西望，一下子逛這個攤位，一下子又說還是回去剛才的攤位吧，在人潮中鑽來鑽去。當第一支煙火升上天空時，她立刻抓著我的手，快速衝向觀賞席。

當敦子拉著我的手時，可以暢通無阻地穿越人群。原來她的直覺和反應能力在這種時候也可以派上用場，無論再擁擠，她都不會撞到人。

我很喜歡煙火大會，因為這是每年唯一一次可以不理會門禁，在晚上出門的機會。

但是，敦子應該沒有發現。

敦子總是忽略重要的事。

是她讓我知道，原來世界這麼遼闊。

——煙火升上了天空。

街道上的人們紛紛駐足，仰頭看著天空。是紅色的。

＊＊

從位在車站和老人安養院中間的公車站走五分鐘，就是大叔的家。他住在兩層樓老舊木造公寓，一樓靠東角落的房間。因為擔心時間會太晚，我們放棄看煙火，把車子開回安養院後，一起搭公車來到大叔家。

我在他家門口等著，大叔很快便拿著雜誌走了出來。

「妳隨便什麼時候還我都行。」

我隨手翻閱起來，不知道是不是因為他看了很多次，已經留下了摺痕，一下子就翻到了〈小夜走鋼索〉那一頁。第一句話映入眼簾。

只要一次跳躍，就足以沒收才華。

我感到呼吸困難。我沒有自信可以獨自順利回家。

「高雄先生，我可以在你家看完之後再回家嗎？」

「不，這有點……」

他露出第一天在安養院吃午餐，我坐在他對面時相同的表情。

「雖說是短篇，但恐怕也要看一個小時，而且……我不希望再引起誤會。」

他在說什麼？我只是想去他家看書而已。我再怎麼沒眼光，也不可能和大叔之間發生什麼事。

「你不是單身嗎？還是說，你有女朋友？」

「問題沒這麼簡單，十幾歲的小女生來三十幾歲的大叔家裡，別人會怎麼想？而且，或許這麼說有點失禮，我並不相信妳。搞不好妳離開我家後，會對家人或警察說一些無中生有的事。」

「我才不會做這種事。」

「也許妳不是這種人，但我看到妳這種年紀的女生會害怕。妳們這些人可以面不改色地說謊，不但說得煞有介事，還漸漸相信了自己的謊言，反過來恨我。我才不要因為妳們這些自私的小女生再失去自己寶貴的東西。」

我第一次看到大叔這麼激動。

「那我們去芳鄰餐廳。我們去公車站前的芳鄰餐廳，我看的時候，請你在旁邊陪我。」

大叔偏著頭。

「我在旁邊只會礙事。」

「沒這回事。你可以在旁邊吃飯或喝咖啡，隨便你做什麼，但你要陪在旁邊……因為我害怕，我害怕一個人看……〈小夜走鋼索〉是我朋友寫的。」

「妳朋友？妳指的不是老師吧？」

「我的同學。小倉是我們去年的班導師，盜用了我朋友寫的作品。」

「怎麼可能？……這樣不是很快會被揭發嗎？」

「不，我的朋友什麼都沒說，但我看了第一行就知道，她是以我為藍本寫的。」

「以妳為藍本？」

「我從小學的時候就開始練劍道，還滿強的，也曾經在全國比賽中得到冠軍，原本可以申請體育推甄進高中，但在縣賽的決賽中跌倒，扭傷了腳。大家都討厭我，之後，我的世界就毀了。你不覺得很過分嗎？我們明明是朋友，我卻不知道她在想什麼，她什麼都不告訴我，卻背著我寫小說，還把我最大的傷痛做為素材。我想知道由紀是怎麼看我的，但我不敢一個人看，所以拜託你陪在我旁邊！」

淚水奪眶而出。

「我看了〈小夜走鋼索〉這篇小說，完全能理解是妳的朋友以妳為藍本寫的……但我想妳誤會她了，妳的朋友太可憐了。」

「由紀太可憐？」

「家裡很亂，如果妳不介意，可以在我家看。」

大叔靜靜地打開老舊的門。

遠處接連傳來煙火的聲音。

今年的煙火大會也進入了尾聲。

*

上床。雖然我是為了這個目的而來，但要付諸行動卻沒有想像中那麼簡單。

我們並肩坐在沙灘上看煙火時，牧瀨唸著「鋰紅鈉黃鉀紫」的無聊口訣。原來可以用這個口訣記住金屬的焰色反應，我暗自湧起一絲佩服。

但是煙火結束之後也一直聊這些話題，就有點讓人不敢恭維了。

他說了幾個他準備去考的大學名字，滔滔不絕地說著他爸媽叫他考國立大學，但他覺得那些大學聽起來就很古板之類的話。我在他這個考生身上完全感受不到一絲緊迫感，而且他說話時一副好像他全都可以考上，只要決定去哪一所學校就可以的口吻。

不知道他是聰明絕頂，還是超樂觀的笨蛋。我猜應該是後者。

我相信了敦子借給我的那些無聊雜誌上寫的內容，所以對時下的高中男生產生了誤會。我以為所有男人都精蟲衝腦，整天只想和女生上床，只要我穿上浴衣，去沒什麼人的暗處，就會自動發展到那一步。是我太天真了嗎？

我聽著牧瀨的無聊談話，剛才放煙火時還有不少人的沙灘，如今只有不遠處零零星星地坐了幾對情侶而已。

差不多該走了。或許只是換一個地方聽他瞎聊而已，但其他情侶也逐漸離開了，繼續耗在這裡似乎也是浪費時間。

牧瀨也看著那些回家的情侶——啊，我們四目相接了。

「妳好像和平時感覺不太一樣。」

「有嗎?」

氣氛不錯哦!原來牧瀨也在等待我們的獨處時間。

「是不是因為穿了浴衣的關係?」

我穿這件根本不想穿的浴衣終於發揮了作用。

「不,不是。平時和妳在一起,總覺得妳魂不守舍的,今天好像有一種腳踏實地的感覺,讓我覺得有點可惜。」

可惜?什麼意思?

「上次見面的時候,妳不是問我有沒有看過屍體嗎?聽到妳那麼問,我暗想,我果然沒猜錯。第一次看到妳的時候,我覺得妳和我一樣,所以才會向妳搭訕,我果然猜對了。」

「妳是不是想看著別人死去?聽到我說看過大叔自殺,是不是覺得超羨慕的?」

「我們哪裡一樣?」

「……嗯,這個嘛……」

「我是不是猜中了?這種感覺,只有親自體會過的人才知道。其實我的生活向來無憂無慮,但自從看過那個大叔自殺後,就覺得缺乏刺激,或者說很無聊……日本各地每天都發生命案,每年也有三萬個人自殺,為什麼我的周圍這麼平靜——啊,我想看人死去。」

「……」

「這種話,通常沒辦法說出口,但是,我在妳面前卻可以說出來。妳不覺得很厲害嗎？我為了看人死，還架設了一個名叫『死亡預言書』的網站，只能從這附近學校的社群網站連結。」

「你架設這種網站沒問題嗎？警察會不會找上門？」

「不會，不會，因為從來沒有發生過任何事。一開始有很多自殺預告和殺人預告的留言，如果他們留下時間和地點，我就會很興奮地去看，但全都撲了空。網路真的是虛擬世界，大家都寫一些不負責任的話，靠這種方法消除壓力。我最近想把那個網站關了。」

「虛擬世界就是這樣吧！」

「對啊……這幾天妳沒有看到嗎？」

「看到什麼？」

「當然是別人死去啊！所以妳今天才會看起來和平時不一樣。告訴我，到底是怎樣的情況？我下次會帶好東西給妳看，做為回報。」

「好東西是什麼？」

「碎紙片。上次不是告訴妳，大叔在自殺前撒了紙片嗎？我撿起來當作紀念。有些是落在他手心上的，有些沾到了血，我撿了很多——啊，早知道我今天應該帶來。」

他在圖書館談論死亡的時候聽起來還有模有樣，現在是怎麼回事？我相信這才是他的本性。

——牧瀨是危險人物。

但或許可以利用他。

**

大叔家裡並沒有像他說的那麼亂，他也沒有足夠的家具和生活用品可以把家裡弄亂。他家除了狹小的玄關、只放了一個瓦斯爐的廚房（或者說流理台）以外，只有一間三坪大的日式房間，關起的紙拉門後方應該是另一個房間。雖然空間狹小，但一個人住應該綽綽有餘。

我坐在放了一台小電視、收納箱、桌子和兩個坐墊的三坪大房間看那本雜誌。大叔說：「家裡什麼都沒有。」把似乎買了準備自己喝的罐裝冰咖啡放在我面前。「我也陪妳一起看書。」在我看那篇文章時，他拿出最新一期的雜誌看了起來。封面上寫著：「新銳作家　夢想的競賽」，大大地寫著小倉經常炫耀的那兩個朋友的名字。

可能是因為我平時很少看書的關係，有些句子我必須重複看好幾次，有時候要再回到前面重新看，還有一些我懷疑小倉可能修改過的費解段落，看了很久都沒有看完。我可能趕不上末班車了，要趕快發簡訊給媽媽。

看了之後，我才知道之前老師影印給我們的開頭部分是主角送給好朋友的詩。整篇小說描寫一個有才華、卻放棄劍道的主角，和另一個喜歡劍道，卻因為受傷而不得不放棄劍道的好朋友之間的糾葛。用輕鬆的手法描寫了這兩個人為自己所失去的感到心浮氣躁、疑神疑鬼，卻整天為對方而擔心，最後兩個人終於心靈相通，繼續寫下開頭部分那首詩的續篇。

漸漸接近尾聲了。

看到一半，我就潸然淚下，淚水不停地流，看到最後一行時，淚水宛如潰堤般。

我放下雜誌，用雙手的手背拚命擦著眼淚，大叔在一旁遞上面紙盒。

「真羨慕妳有可以寫出這種小說的朋友。」

大叔說。雖然我在看了之後也很感動，但想到很多人都看了這篇小說，還是覺得自己遭到了利用。她寫的是兩個人的故事，只有其中一個人出名，好像蓄勢待發，啟程去一個遙遠的地方。

「她只是把我當題材。」

「妳朋友想當作家嗎？」

「不知道，我們從來沒有談過將來的事。」

「她平時就經常寫作嗎？」

「沒有，我想應該只有那次而已。因為那時候，她手上因為握筆太久長了繭。」

「她是手寫的嗎？」

「因為由紀沒有電腦。」

「現在很少人用手寫，原來她是用手寫的……」

大叔一再重複「手寫」這兩個字，一臉佩服的表情。

「差不多要寫一百張稿紙吧！她並不想當作家，卻用手寫的方式寫這麼多內容，想必很辛苦。也許她的用意是想激勵妳，也許她並不打算投稿，而是想送給妳做為禮物。」

我從來沒有這麼想過。由紀只為我而寫？

「她何必這麼費事，只要當面告訴我就好了。」

「要怎麼說？」

「這……」

「說即使網路上有人說妳壞話也不會死，覺得好像世界末日的想法太奇怪了。以為自己是沒有價值的人，一味想要迎合別人，只會讓自己更加孤獨。其實大家都在聲援妳。」

「你不要自以為瞭解我，像你這麼遲鈍的人，怎麼可能瞭解我？」

「看吧！當面告訴妳，妳就會這樣反駁。妳是不是也對妳朋友說過同樣的話？所以她絞盡腦汁思考可以用什麼方法告訴妳，最後寫了這篇小說。通常遇到有人說自己根本不瞭解狀況，就會氣得不想理她了。」

「……」

妳不可能瞭解。這句話我好像對由紀說過好幾次。在高中入學儀式時也說過。當可以推甄進入黎明館時，我曾經對由紀說：「我們一起去黎明館。」因為由紀的成績一定綽綽有餘，但由紀說：「我不可能讀那裡。」因為她阿嬤和媽媽都是櫻宮高中校友，當年的櫻宮高中還是一所富有傳統和格調的學校，學生的成績也很不錯，但現在已經完全變了樣。即使由紀這麼告訴家裡的人，她家人還是不同意。她說：「那有什麼辦法。」

然而，我卻對由紀說「妳不可能瞭解」或是「我不想來這種地方」之類的話。

「我剛才只是隨便說說而已，況且，我對妳也不是很瞭解，只是總結了小說的概要。雖然我剛才的話讓妳很生氣，但妳在看小說時卻流淚了。我深深瞭解到作者是經過了深思熟慮，思考故事情節該如何發展、用哪些話語才能打動妳後，才提筆寫下這部小說。雖然這部作品很優秀，但恐怕只有妳看了會流淚。」

我的淚水再度湧上心頭。如果由紀當面把〈小夜走鋼索〉拿給我看，我可能會覺得並不是她的真心，只是說些漂亮話來安慰我。雖然我想知道由紀的真心，但也許是我捂住了自己的耳朵。

幸好有大叔陪在我身旁。

「在給妳看之前，作品就遭到盜用，我相信妳朋友應該很不甘心。她真的沒有去告對方嗎？」

「不，她不會那麼做。」

「是嗎？原來時下也有這種女高中生──好，明天還要上班，我睡在這裡，妳可以睡隔壁的房間。」

說著，大叔站了起來，打開了通往隔壁房間的紙門，房裡有一張差不多三千圓就可以買到的鐵管單人床。

「那我就在這裡借住一晚。晚安。」

我獨自睡在隔壁房間。

如果最後大叔沒有提到盜用的事，讓我聯想到小倉，我搞不好會對大叔說：「我想和你一起睡。」雖然我也分不清到底只是想枕著他的手臂睡覺，還是可以接受他的身體。不過，即使最後是我一個人睡也沒關係。我可能兩者都無所謂吧！

如果大叔和我有了肉體關係，不就像小倉和小水手一樣嗎？即使我們不是師生關係，我也不至於喜歡他到不顧社會阻礙，非要和他在一起的程度。

我在床上翻身，枕頭下傳來窸窸窣窣的聲音。

拿開枕頭一看，發現是一張照片。他把照片放在這裡，難道是用來當符咒嗎？照片上是一個看起來像小學生的可愛小男生，因為室內只亮了一盞小燈泡，無法分辨長得像不像大叔。

八月三日（一）

*

晚上八點，我來到三條指定的樣品屋，按下門鈴。

門開著，進來吧！對講機傳來說話聲。他沒有問我是誰，是因為附了攝影機嗎？現在大部分都會裝攝影機，只是不知道鏡頭能照到多大的範圍。

門沒有鎖。玄關大廳和上次的展示場一樣，只有一塊花崗石。三條從右側前面的房間走了出來，一臉錯愕的表情。

「你好，我是小倉。」我報上假名。

「你好，我姓中田。」牧瀨也報上假名。

煙火大會的那天晚上，牧瀨說想要看人死去，我就告訴他，有一個小男孩快要死了。雖然原本很猶豫該不該告訴牧瀨，但因為完成計畫的時間緊迫，再加上為了將自己的風險降到最低限度，我認為這是最好的方法。

果然不出所料，牧瀨一口答應。當我告訴他，這件事只能拜託曾經見證過死亡時刻的他，他拍胸脯保證，一切交給他處理。

傍晚的時候，我們約在夢之台附近的速食店見面，他給我看了上次的碎紙片，然後就來到這裡。

我以為他偷偷跟著我，在關鍵時刻才會現身救我。沒想到他說要和我一起去找那個大叔，所以我們一起走進了大門，但不知道牧瀨到底有什麼計畫。

不過，牧瀨倒是提醒我說話要小心一點，不然只會造成反效果。

「我們一起參加了朗讀會小鳩會，我也希望可以為即將接受高難度手術的小男孩完成他的心願，所以一起來拜託你。」

牧瀨很有禮貌地對一臉錯愕的三條一鞠躬。

「算了，你們進來吧！」

右側就是客廳。天花板挑高，從二樓房間的窗戶可以看到客廳。裡面是飯廳和廚房，有著漂亮流線型弧度的木製餐桌上放著紙袋、臉盆和水桶。

這裡也有像上次的展示場內相同的柔軟皮沙發，三人座的沙發和單人沙發呈L形放置，中間有一張玻璃桌。如果三人沙發正面的牆上放一台電視，很適合家人團聚。

三條坐在單人沙發上，蹺起了二郎腿，宛如在他自己家裡。

「你們也坐下吧！」於是，我和牧瀨並肩坐了下來。

「小倉。」三條開了口，他在對我說話。

「我猜妳是這麼想的——一個中年男人晚上找小女生出來，一定會向妳提出下流的要求，交換我所知道的秘密，所以，妳找男朋友陪妳一起來。」

他說得對，我沒有答腔。三條誇張地嘆了一口氣。

「我不用想，也知道你們這種小鬼心裡在想什麼。你們這些人既愚蠢又單純，卻以為自己的想法主宰了這個世界。」

雖然我很討厭他用「你們」把我和其他人歸為同類，但三條說的話和我平時對班上同學的看法相同，所以我默不作聲地繼續聽著。

牧瀨也一臉認真地聽著。

「比方說──你們覺得中年男人都很齷齪下流，即使對自己的父親也一樣。衣服不要混在一起洗、洗澡要自己先洗、鍋子要準備兩個──你們以為自己憑什麼活在這個世界上？」

三條越說越生氣。這簡直就在說，他在家裡受到了這種對待。

「我們之前約好，妳幫我做兩、三件事，我就告訴妳那個人的下落。很遺憾，我對妳的身體完全沒有興趣，妳以為自己這麼值錢嗎？妳除了年輕以外，沒有任何價值。」

我有點生氣，那你又有什麼價值？

「這麼晚了，還滿不在乎地和男生單獨在外面遊蕩，不知道妳父母是怎麼教妳的。」

三條滿臉不屑地輪流看著我和牧瀨。什麼這麼晚還在外面遊蕩，不是你找我來這裡的嗎？

「既然你們兩個人一起來，就兩個人一起做吧！」

三條奸笑著。他的表情變化都像在演戲，似乎很久之前就進行過無數次想像訓練，一直在等待可以讓他說教的高中生出現在他面前。

「小倉，妳先去廚房把餐桌上那個袋子裡的東西洗乾淨，要用手洗得很乾淨——趕快去洗。」

叫我洗東西？什麼意思？裡面放了什麼可怕的東西嗎？我搞不清楚三條的意圖，但還是站了起來，走向餐桌。

我慢慢打開口部摺起的紙袋——這種難以形容的臭味是怎麼回事？好像混雜了納豆、起司和魚乾的味道。那是大叔的臭味，是老人味。

紙袋裡放了三天份的廉價舊四角內褲和襪子，這是三條穿過的嗎？也許從上次見面後，他就每天留著故意不洗。

這些全部要用手洗？我想找橡膠手套，卻遍尋不著。

「統統放進那個水桶裡。」

紙袋旁有一個淺藍色水桶。只要倒進水桶就好了嗎？我用右手把紙袋裡的東西放進水桶裡。

「用兩隻手一起拿。」

無奈之下，我只能兩隻手一起伸進紙袋，把裡面的髒衣物拿出來……但不小心掉了。

「看吧！我就知道。」

三條站了起來，帶著勝利的表情走了過來。

「妳覺得很髒，所以不想碰嗎？中年男人穿過的衣服就這麼髒嗎？」

好痛……他用力打了我右肩一拳。我撞到桌子，水桶掉在地上，四角褲和襪子散落在富有光澤的褐色地板上。

「請不要用暴力。」牧瀨站了起來。

三條的舉動稱不上是暴力，但他擋在三條面前保護我。

「你誤會了，她的左手不方便。」

「什麼？這是你們的慣用伎倆，只要發現情況對自己不利就找一大堆藉口，而且還不惜說謊——她是殘障嗎？說這些不負責任的話，你們輕視這個社會到什麼程度——既然這樣，那你先去洗。」

三條抬起頭，瞪著牧瀨。

牧瀨面無表情地回望著三條。他在想什麼？如果現在鬧僵，計畫就會泡湯了。

「等一下，我來洗。」我擠進他們之間。「我會洗——洗這些東西很輕鬆啦！」

我伸手撿起掉在地上的髒衣服放進水桶，走向廚房的流理台。只洗這麼一點東西，三條居然準備了一整盒洗衣粉。

太浪費了！……我似乎可以聽到教鞭揮動的聲音。

流理台流出了熱水。我倒了洗衣粉，用力搓洗起來。

老實說，他的要求讓我感到驚訝，但比之前洗癡呆阿嬤的髒衣褲，這實在算不了什麼。雖然臭得可怕，但至少沒有沾到排泄物。

「對，對，要洗乾淨。」

三條盛氣凌人地從一旁探頭張望，反正我和他毫無瓜葛，只要當作是在洗衣店打工，就不會感到屈辱。他叫我做這種事，到底有什麼樂趣可言？
莫名其妙。
「叔叔，你的父母需要人照顧嗎？」
「啊？需要人照顧？這種事，讓有閒工夫的人去做就好了。」
「有誰和他們同住嗎？」
「我大哥一家人，我每個月都匯三萬圓，但他們居然叫我偶爾也幫忙一下，開什麼玩笑。」
這傢伙太賤了。
「對了，我想到一個好主意——妳的也一起洗吧！」
「啊？」
「把我的內褲和妳的內褲放在一起洗。」
他得寸進尺。他以為他是誰啊！
「我不要。」
「看吧！妳也一樣。妳不是想完成生病少年的心願嗎？——廢話少說，快脫。」
三條伸手準備翻起我的裙子。
「你別這樣……」
「請你適可而止。」
是牧瀨。他剛才就在廚房角落呆呆地看著我們，現在終於伸出了援手。

「你說什麼大話？那現在輪到你了。」三條對牧瀨說：「你給我跪在這裡，雙手放在地上，對我說：老公，你工作一天辛苦了。然後把桌上的臉盆拿過來，裝熱水後幫我洗腳。」

他居然能夠想到這種餿主意。

牧瀨的眉毛微微抖了一下，臉上掃過一絲極其不悅的表情。

「如果我不這麼做，你就不告訴我們嗎？」

他說話仍然彬彬有禮。三條並沒有察覺他的情緒變化，挺著胸膛。

「沒錯，拜託別人就要按別人的要求去做。對付你們這些不懂禮貌的人，就要讓你們學會禮貌。她似乎已經瞭解了，至於我要不要告訴你們，就取決於你的態度了——呃。」

牧瀨踹了他一腳。

用力向後仰、身體幾乎快向後倒下的三條按著肚子蹲了下來。

「我要報警。」

「你要怎麼說？」

「說你動手打人，你對我所做的是暴力行為。」

「那我會告你恐嚇。你自己聽。」

牧瀨從口袋裡拿出一個小錄音機，只有手機的一半大。

「這是我平時在補習班用的，性能很不錯。從我們進門之後，我就一直在錄音。請問你有什麼證據？」

原來他在錄音。

我終於瞭解了他剛才說的「妳說話要小心一點」、「為了實現生病少年的心願」和「請不要用暴力」這些話的意思。

三條沉默不語，牧瀨對他露出清新的笑容。

「大叔，你一定以為只要不和高中女生上床就不是犯罪，但是，我倒覺得你要求我們做的這些事更變態。你家裡是不是有讀高中的孩子？我猜應該是女兒吧！家人都不把你放在眼裡，所以你就脅迫對你有所求的高中女生，消除你的慾求不滿，這已經構成了犯罪行為。我看你就適可而止，反省一下，告訴我們那個人的下落吧！」

「白癡才會告訴你們。」

三條瞪著牧瀨。

「我只是在教育你們，如果你以為出言威脅幾句，大人就會聽你的話就錯了！……呃。」

牧瀨第二次踢腿也正中三條的側腹。阿嬤揮教鞭時總是流著淚，為什麼牧瀨可以笑著動粗？

「我一直捺著性子擺出低姿態，而且，我並不是只有一個證據而已。」

牧瀨從另一個口袋裡拿出手機，打開手機操作起來，然後遞到三條面前。我也在旁邊探頭張望。

播放錄影功能？廢話少說，快脫。三條伸手準備掀我的裙子。

三條按著側腹，瞪大了眼睛。

「你也看到了，這很變態吧？——我先寄第一封。」

我放在口袋裡的手機響了。

「大叔，下一個要寄給誰？我告訴你，這不是我的手機，我看到它放在桌上，就借用了一下。這種時候不把手機保管好，會遭到濫用。大叔，你姓……哦，原來你姓瀧澤，順便把你的資料也寄一份備用。」

我的手機又響了。

「由紀，妳的表情不用這麼緊張。我知道，我知道，通話紀錄，刪除。雖然也可以寄給你的同事，不過，還是寄給你女兒吧？雖然你女兒不把你放在眼裡，但你的通訊錄裡應該有她的郵件信箱吧！」

「等一下！」三條無力地垂著頭，眼淚不停地流。「——我告訴你們。」

「早說不就好了嗎？也許現在我們三個人可以開開心心地在芳鄰餐廳吃晚餐，點一個披薩一起分享。一大把年紀的大人死要面子，想要在小孩子面前耀武揚威，所以你的兒女才會反彈吧？——言歸正傳，那孩子叫小昴嗎？他父親的手機是幾號？」

「不知道。」

「什麼？事到臨頭還說這種話就太不夠意思了吧！」牧瀨把玩著手機說。

「我沒騙你們，我只知道他工作的老人安養院。」

老人安養院？他在這種地方工作嗎？本市有三家老人安養院，不知道是哪一家？

「話說回來……即使要動手術，那孩子居然想見被控色狼而進警局的父親，還真勇敢啊！」三條不屑地說。

「色狼？」

肉包子告訴我，小昴的父母因為父親的原因離婚。色狼。如果自己的丈夫因為這種原因被抓去警局，任何女人都會想要離婚吧！建商的業務員最注重信譽，難怪公司會解雇他。

但是，小昴知道這些事嗎？

如果知道，他還想見父親嗎？如果是我……絕對不想見他，即使快死了，也不會想見他。既然父母已經離婚，應該也斷絕了父子關係，如果就這樣原諒父親就太糟糕了。

因為會一輩子背負「色狼的兒子」的罪名。

也許阿嬤是癡呆症還比較好。不，半斤八兩，勝負難分。

「你應該做過更惡劣的事吧？」

牧瀨說，三條再度垂下了頭。

我絕對不想要這種父親。

爸爸……即使你薪水微薄也沒有關係，但拜託你千萬別做一些奇怪的事。

我環視著我爸爸一輩子也買不起的豪宅。

天花板挑高又怎麼樣？花崗石又怎麼樣？有三條這種賤人的家根本沒有價值。

**

離明天的時間不多了。

煙火大會的翌日早晨，我和大叔一起離開他家，分別站在馬路兩側的公車站，準備搭相反方向的公車。我先上了公車，當看不到大叔的身影時，我感到一陣心痛。

「這本雜誌給妳吧！」大叔把刊登了〈小夜走鋼索〉全文的雜誌送給了我，我看了一次又一次。

我整天都關在自己的房間裡。午餐的時候，媽媽為我做了三明治，分別夾了我喜歡的生火腿和起司，還有洋芋泥中加了明太子的明太子洋芋泥沙拉。有一次，我問由紀，為什麼便利商店沒有賣這種三明治，她叫我自己去想。

晚上，我們一家三口去了爸爸常去的壽司店。爸爸說，我這陣子每天都吃老人安養院的供餐，可以盡量點我喜歡的。我點了最喜歡的海膽壽司，吃得肚子撐死了。

回家後，三個人喝著咖啡，分享了別人送的瑞士捲蛋糕。他們問我老人安養院的事，我說大家都對我很好，也告訴他們在遠處靜靜地欣賞煙火也很棒。

我還告訴他們，平時很照顧我的職員送了一本我之前就很想看的書，今天一整天都在看那本書。爸爸和媽媽都說也想看。

那本書一定很好看，才會連妳也受到感動。

以前在家裡看日本傳統民間故事全集的錄影帶時，由紀哭成了淚人兒，敦子卻一臉無趣的樣子。爸爸一臉懷念地說。

那時候，爸爸很擔心我是不是缺少了某些重要的東西，由紀告訴爸爸，敦子看到「瘤爺爺」故事裡的好爺爺在鬼面前快樂跳舞時，或是「開花爺爺」故事中，開花爺爺讓枯樹開花這種努力讓人快樂的場景會流淚。

有這種事嗎？我問媽媽。媽媽說，她不記得細節了，但一直覺得由紀最瞭解我。

我經常和爸爸、媽媽像這樣聊天，卻從來沒有發現。

原來我根本沒有不幸。

我好像終於慢慢瞭解由紀在〈小夜走鋼索〉中對我說的話。

如果妳認為自己這麼不幸，我可以把我的人生和妳交換。如果妳不願意，就代表妳並不是世界上最不幸的人。

我好想見到由紀。我想發簡訊給她，但手停了下來。

我沒臉見她。

今天大叔休假。我簡單地打掃後，就去幫忙小澤阿姨。我第一次協助送餐，也終於知道缺乏握力是怎麼一回事。沒辦法拿飯碗，也無力拿湯碗，即使慢慢拿起來，也一下子就灑了。一個老奶奶吃完飯後，想把餐具放回推車，結果整個托盤都掉在地上。看到這一幕時，我恍然大悟。

學生餐廳供應五種餐點：豆皮烏龍麵、拉麵、咖哩飯、每日特餐和漢堡焗飯，我們平時帶便當，偶爾才去學生餐廳，但由紀每次都吃咖哩飯。即使我推薦說漢堡焗飯很好吃，她也總是排隊買咖哩飯。她喜歡吃咖哩嗎？並不是。她應該不討厭咖哩，但更重要的是，她只能端咖哩飯。湯麵類只要稍微晃一下就會灑了，套餐和漢堡焗飯太重，無法用一隻手拿。

她在其他方面一定也有類似的不方便。

「由紀，我真羨慕妳，一下子就可以想到很貼心的話，大家都覺得妳很好，哪像我笨手笨腳的，一點都不機靈。」

我之前好像對由紀說過這種話。

「凡是說自己笨手笨腳的人，大部分都是不夠細心。」

幾天後，在聊到其他同學的時候，由紀隨口說的這句話其實是對我說的。

我好想見大叔，只有大叔才能體會我此刻的心情。雖然這個星期結束後，就不再去老人安養院幫忙了，但我以後還想見到大叔。當第二學期開學後，也許還會遇到很多令我不安的事，我希望可以把這些事都說給大叔聽。

但是，明天有人要殺了大叔。

想要殺他的真的是由紀嗎？

不行。雖然我想了悟死亡，但我絕對不想看到由紀殺害大叔。如果發生這種事，我會一輩子都無法振作。

我必須阻止這件事。

要不要傳簡訊告訴由紀，大叔其實是好人？要不要告訴由紀，大叔稱讚她寫的小說？……不行。我的詞彙太貧乏了，根本不可能說服由紀。我只能靠腕力阻止她，我必須比由紀更靠近大叔。

但是，真的是由紀嗎？由紀沒有電腦，即使順利用手機進入「死亡預言書」這個網站，會在那裡留言預告殺人嗎？……

也許有其他人對大叔恨之入骨，想要殺了他。到底是誰？老人安養院的人嗎？不可能。但是，我除了知道大叔在「銀城」工作以外，對他一無所知。聽小澤阿姨說，他曾經離過一次婚，兩者之間有什麼關係嗎？

總之，我絕不能讓大叔送死。

還剩下一小時就是明天了，還來得及搭末班車。

＊

附近這一帶正在建造房子，街上幾乎沒有路燈，我和牧瀨走在夜晚的新興住宅區。

小昴終於可以見到他父親了。

「是在一家叫『銀城』的地方。」三條說。

「那是什麼地方？老人安養院？不是汽車旅館嗎？」

牧瀨懷疑地問。我告訴他，的確有這家老人安養院。「原來妳知道？那就沒問題了。」於是，我們一起離開了樣品屋。

早知道根本不需要牧瀨。雖然洗腳的要求太離譜了，但只要乖乖幫他洗腳，即使不需要恐嚇他，三條應該也會告訴我吧！

「太好了，總算搞定了。」

牧瀨雖然說得很輕鬆，但一副「功勞在我」的語氣讓我很火大。

「先去老人安養院找他父親，讓他們在醫院感動相見，之後就可以送他去接受成功率只有百分之七的手術。如果他在手術前說「姊姊，謝謝妳」的話，就完美無缺了——我真的有點變態。什麼時候動手術？」

「後天，星期三。」

「不會吧，這麼快？所以他們明天見面？我明天要模擬考。」

「……對哦，真可惜。」

其實我知道他明天要模擬考，所以才會找他。

「沒關係，但好像只有我沒有撈到好處。我最討厭只有我吃虧的感覺——下次我們不知道什麼時候才能見面，擇日不如撞日，乾脆今天做一下吧！」

「做一下……」

「既然要利用別人，就要作好付出代價的心理準備，也可以認為是和命中注定的男友第一次相互擁有的十七歲夏夜。」

「什麼意思……」

「這裡怎麼樣？」他指著用藍色塑膠布圍起的工地。

他打算在這裡做嗎？

已經從三條口中得知了小昴父親的下落，即使現在和牧瀨上床，也沒有任何好處。要不要逃走？但萬一被他抓到，不知道他會做出什麼事，我才不想變成三條那樣。

「等我看到他死之後，會如實向你報告——而且，下次我要告訴你一個很大的秘密。」

「什麼很大的秘密？」

「關於那些紙片的秘密。」

啊？真的假的？真的嗎？他可能對那些紙片很感興趣，所以一口就答應了。關於小昴死去的瞬間，我本來就打算在成功後向牧瀨炫耀，所以根本不是問題。

我會用什麼方式說？

一切都取決於明天。

＊＊

大叔看到我這個深夜十二點多上門的不速之客，露骨地露出為難的表情。我原本還以為大叔完全瞭解我，難道是我自作多情嗎？

該不會是大叔有女朋友，我上次住在他家的事被他女朋友發現了，結果他們大吵一架？即使上次的事沒有被發現，如果他有女朋友，我這麼晚上門，的確會造成他的困擾。

但是，我來找他是另有目的。雖然我喜歡大叔，但我來這裡並不是有什麼非分之想，而是要阻止別人殺他——我是來保護大叔的。

即使被他討厭也沒關係，我無論如何都要陪在他身邊……

「我買了冰淇淋。」

我假裝沒有看到他不耐煩的表情，假裝在散步時順便繞來這裡，把裝了冰淇淋的便利商店塑膠袋遞給大叔。

「我上次也說了，這樣我很傷腦筋。」

「那你把你的事告訴我，讓我瞭解你傷腦筋的原因。」

「什麼?!」

「我把我的事統統告訴了你，你卻什麼都不告訴我，我覺得你太奸詐了。該怎麼說，我……我在思考你為什麼會離婚這件事，就再也睡不著了。現在已經過了末班車時間，拜託你，讓我進去吧！」

我知道自己語無倫次。如果是由紀，應該可以表達得更清楚，應該可以告訴大叔，因為夢到他死了，害怕得不得了，當回過神時，已經來到他家的門口。

大叔一臉受不了的表情讓我進了屋。

因為我口渴了，乾脆厚臉皮到底，向大叔要了一罐咖啡。大叔把冰淇淋放進冰箱裡，拿出兩罐咖啡。

「妳為什麼特地來問我離婚的事？」

大叔拉著拉環，直截了當地切入正題。他似乎很受不了我，但又像是一副豁出去的態度。

「因為我被當成色狼扭送到警局。小澤沒有警告過妳嗎？」

「她只叫我小心……」

原來是因為色狼的事，小澤阿姨才會叫我「要小心」，但大叔怎麼會是色狼？他有那麼靈巧嗎？……對了。

「那個被害人是不是痛恨你？」

大叔重重地嘆了一口氣，我感覺到他渾身散發出「妳給我滾出去」的怒氣，但是，我絕對不能退縮。

「沒這回事，我才恨她呢！」

「為什麼？」

「因為我是無辜的。」

這就是之前經常發生的色狼冤罪事件嗎？沒想到這種鄉下地方也會發生這種事，但果真是這樣嗎？我每天都走路上下學，所以沒有遇到類似的事，聽那些搭電車的同學說，她們幾乎每個人都遇過色狼。自從媒體大肆報導冤罪事件後，即使她們鼓起勇氣報警，警察也不相信，讓她們很生氣。

但是，我願意相信大叔說的話。

「你有這麼跟警察說嗎？」

「當然說了，不曉得說了幾百次，但我知道都是白費口舌。妳們這些高中女生想要零用錢，所以才用這種方式玩弄大人。」

我終於明白大叔躲著我的原因了，也知道即使現在，他仍然把我當作令人髮指的女高中生之一。

「我不希望你把我和她們混為一談，我看起來像是會做這種事的人嗎？」

「那個謊稱我是色狼的女生看起來也很乖巧，還穿著這一帶有名的升學學校的制服。」

「但是，你不是和我一起工作過嗎？」

「妳不也三更半夜沒事跑來我家嗎？即使妳大叫，我也沒錢可以給妳。」

「我說了，我不會做這種事。既然你到現在還在為這件事耿耿於懷，那為什麼當初不在法庭上好好為自己辯護？」

「我根本沒那個心思。當時我得知兒子病情很嚴重，根本不願意把時間耗在這種無聊的事上，因為對方說可以用錢解決，所以我就承認了。我以為我太太和公司都會相信我，沒想到他們都不相信我。我太太和我離了婚，公司也把我開除了——妳滿意了嗎？」

原來大叔有兒子，而且還在生病，他太太怎麼會和他離婚呢？不，情況應該相反，兒子生病，丈夫又是色狼，還被公司開除了，如果是我，也會覺得眼前發黑。難道大叔沒有任何精神支柱嗎？比方說……

「那你兒子呢？」

「我太太不讓我見他。」

「那醫院呢？」

「我不能去，一旦我去見兒子，就會控告我綁架未遂。而且，我兒子應該也不想見到色狼父親。」

「你不覺得寂寞嗎？」

大叔垂下雙眼，喝完了鋁罐內的咖啡。

「……上個星期演人偶劇時，那個人說也去我兒子住的那家醫院表演過。妳還記得在準備的時候，小鳩會的人說，小學五年級的男生看了也很高興嗎？我猜應該就是我兒子，光是聽到這個消息，我就很開心。」

所以才會夾到手指。大叔太可憐了。

「你沒有朋友嗎？」

「我沒有像妳朋友那樣的朋友，妳和那個朋友和好了嗎？」

「沒有。她完全沒有和我聯絡，我也沒有聯絡她——你沒有女朋友嗎？」

「沒有。」

「我不行嗎？」

「妳到底想怎麼樣？」大叔嘆著氣。

「我想保護你。我要保護你，不讓想要取你性命的敵人得逞。」

「什麼?!」

大叔走出了房間。

我還以為剛才的氣氛很好，難道是我會錯意了？

「完了！」廚房傳來聲音。我走過去一看，發現大叔從冰箱裡拿出我買來的杯裝香草冰淇淋。打開蓋子，冰淇淋都融化了。

「我忘了冰淇淋應該要放在冷凍庫……」

大叔語帶歉意地說，把冰淇淋杯放在流理台上。

他就是這麼笨手笨腳，所以才會被冤枉是色狼；他就是這麼笨手笨腳，所以才被公司和他太太放棄；他就是這麼笨手笨腳，所以連生病的兒子都無法探視；就是因為這麼笨手笨腳，所以才會有人想要殺他。

為什麼明明是大叔的事，我卻這麼難過？不，不是大叔的錯。

我是在家裡附近的便利商店買的冰淇淋，我明知道從家裡到這裡要花一個多小時……

「冰淇淋根本不重要嘛！」

我緊緊抱著大叔。當他也用力抱著我時，我以為他也需要我，忍不住熱淚盈眶。

我不知道能為大叔做什麼，也不知道大叔想要我為他做什麼，但是，我不想和他分開，我希望抱著他一整晚。

「我們在一起吧……即使被警察抓到也無所謂。」

大叔抱著我後背的手頓時鬆開了。

第五章。

八月四日（二）

*

我最近才見過小昴的父親，應該就是救阿嬤的那個安養院職員。聽到「銀城」的名字，我才想到肉包子告訴我的「Takao」這個姓氏，和我之前看到那個大叔胸前的名牌相同。我真是繞了一個大圈子。

但是，我完全回想不起他長什麼樣子。即使在瞭解真相後，我仍然難以把長相毫無特徵的大叔和五官俊俏的小昴連在一起，小昴的媽媽應該是絕色美女。

在醫院的走廊得知阿嬤獲救時，我真的很受打擊，很希望這個大叔去死。如果我當時有空，一定會思考用什麼方法陷害這個多管閒事還自鳴得意的大叔。但是，現在我完全沒有這種想法，相反地，我還很感激他救了阿嬤。

那天晚上，我獨自冷靜地思考，如果阿嬤吃了那個藤岡帶去的糯糬噎死，我會是怎樣的心情？一開始或許很高興，但隨著時間的流逝，日子一久，悔恨也許就會漸漸湧上心頭。

無論阿嬤以前是多麼嚴格的老師，最深受其害的其實是我們家人，是同住在一個屋簷下的爸爸、媽媽和我。如果阿嬤被我以前從來沒有見過的陌生人藤岡殺害，就這樣死翹翹了，那一直忍耐至今的憤恨要怎麼宣洩？

而且，如果藤岡當初當一個乖學生，我或許就不必承受那些折磨。想到這裡，就不希望藤岡稱心如意——所以，我很感謝那位大叔。

現在，我最希望阿嬤是病死，所以只能慢慢等待。即使是半夜三更，即使在天涯海角，我都會趕到她身旁，在她嚥下最後一口氣之前，在她耳邊輕聲呢喃：

因果報應，下地獄吧！

因為天氣不錯，想像這些事，覺得心情特別好。

原本打算一大早就去老人安養院，但身體不聽使喚，整個上午，我都抱著肚子躺在床上。

生理期偏偏在這種時候報到。我平時都很有規律，沒想到這次提前了一個星期。我不能浪費時間。吃了止痛藥後，稍微舒服了一點，中午之前，總算恢復到能夠出門的程度了。

身體舒服後，心情也輕鬆起來。今天是星期二，如果太早去，可能會遇到岡姨，所以才下午出門。出門的時候，我用積極樂觀的態度看待這件事。同時，我帶著「希望事情可以有戲劇化發展」的祈禱心情，把牧瀨分給我的碎紙片裝進信封後，放進了皮包裡。

走下開了冷氣的公車，沿著有山影的道路上山。我是第一次去阿嬤住的這家老人安養院「銀城」，媽媽每次去看阿嬤時都會抱怨「下了公車後還要走很遠」。這麼長一段路，難怪會讓人抱怨。

敦子……如果敦子在我身旁，不知道會不會慢慢走，以免自己跌倒。

不要跌倒。不要讓別人討厭。一步一步走在鋼索上。

無論在外人眼中看起來多麼滑稽，在敦子自己發現之前……

我都要默默陪在她身旁。

安養院的房子出現在前方。聽到「銀城」這個名字時，牧瀨笑說：「是汽車旅館嗎？」這棟感覺像中世紀歐洲城堡的房子看起來也很像汽車旅館，想到剛才走了這麼一大段路，會以為自己是來營救睡美人的王子。

小昴，我現在就去接你的爸爸！

站在和時尚外觀很不相襯的透明玻璃自動門前，在大廳發現了熟悉的運動衣身影，是我們學校的運動服。那個人拎著裝了鮮花的水桶，難道是學生會的同學來當義工嗎？不。

——敦子！

她為什麼會在這裡？

＊＊

當我八點半和大叔一起出現在安養院時，大沼阿姨露出狐疑的表情看著我們，但我根本沒時間理會這種事。因為想對大叔下毒手的或許是大沼阿姨和其他職員，所以不能大意。那些老人也不例外。

總之，今天一整天，我都要和大叔形影不離。我沒有把殺人預告的事告訴大叔，我想他不會相信，而且，如果他說不想把我捲入這件事也很傷腦筋。

我們和平時一樣打掃館內，平安無事地度過了上午的時間。吃午餐時，我故意對大叔說：「我覺得你的菜看起來比較好吃。」鼓起勇氣幫他試吃了每一道菜，也都沒有發生任何狀況。

下午要協助插花社的活動。

花店把裝在水桶裡的鮮花送到大門口，由我們搬去多功能活動室，再排放桌椅、花器和花剪，但大叔卻在門口把裝著紫色土耳其桔梗的水桶弄翻了。

啊，大叔……

以大叔總是在不對的時候闖禍的習性，這個時候應該會有訪客出現。看吧！果然有人來了。那個人影越來越近——穿著粉紅色T恤和牛仔褲，肩上掛著很像LIZ LISA的包。那個人——

是由紀！

為什麼由紀會來這裡？來看她阿嬤嗎？不，水森奶奶還在住院，而且，由紀不可能來看她阿嬤。預告殺人的果然是由紀嗎？……

自動門打開了。由紀似乎發現了我，她似乎想對我說話，卻發現了入口的慘狀。她「啊！」地叫了一聲，一臉受不了地看著我。

不，那不是我弄倒的，我立刻回頭看著身後的大叔。

由紀也順著我的視線望去。她露出驚訝的表情走向大叔，大事不妙了。

大叔看到由紀時，露出「咦？」的疑惑表情，然後恭敬地一鞠躬說：「原來是水森奶奶的外孫女。」

該來的還是躲不掉。我陷入絕望，站在大叔身旁對由紀笑著說：

「由紀，好久不見。」

「妳在這裡幹嘛？」

「補之前缺席的體育課。」

「……早知道應該和妳通簡訊。」

她若無其事地用不屑的口吻說。她說話的語氣讓我有一種懷念的感覺。

由紀轉頭看著大叔。

「謝謝你前幾天救了我阿嬤。」

她挺直身體，深深地鞠躬。終於切入正題了。她有什麼打算？

「不，沒事，妳不必特地……」

大叔抓著頭，也向她鞠躬。

「但是，今天我來是有其他事想拜託你。」

由紀抬頭直視大叔。有其他事拜託大叔？她該不會對大叔說：請你讓我殺了你吧？

「你知道你兒子明天要動一個很危險的手術嗎？」

「什麼?!昴嗎？」大叔十分驚訝。

我也很驚訝。為什麼由紀認識大叔的兒子？

「拜託你，請你現在馬上和我一起去醫院見你兒子。」
「我沒有權利和我兒子見面。」大叔垂頭喪氣地說。
「但是，他想見你。他在七夕的許願卡上許願，希望可以見到你。」
「怎麼會?……但……」
我察覺到大叔手足無措。他應該很想立刻飛奔到他兒子身邊。大叔，別煩惱，不必煩惱。
「真是的，雖然我搞不清楚狀況，但你趕快去看你兒子吧！你枕頭下也放著他的照片，一定很想見他吧！」
「啊……！」他露出「被發現了」的表情。
「真的拜託你，請你成全他的心願。」
由紀的腰比剛才彎得更低了。我已經好幾年沒看過她這麼努力做一件事，可以感受到有溫度的由紀了。這件事居然會讓由紀有這種舉動。
「大叔！」我對猶豫不決的大叔忍無可忍。
「那等我打掃完這裡，做完插花的準備工作……」
大叔雖然說得很無力，但他似乎已經下定了決心。
「這種事讓敦子做不就好了嗎?」
「啊?!」什麼?她試圖把我撇開的說法是怎麼回事?多虧我在後面推一把，大叔才終於下了決心，況且……

「不行。」我不能讓由紀和大叔單獨行動，也許由紀是以大叔的兒子為藉口把他騙出去。「是大叔打翻的，必須把自己該做的事做完之後才能離開。如果想要大叔早點做完事，由紀，妳也可以幫忙。」

我必須在一旁監視。

「……真是沒辦法。要做什麼？工具呢？」

由紀一口答應，開始撿起地上的花。當大叔拿來拖把時，她立刻走到門口說：「我從門口開始擦。」用拖把擦著滿地的水。

儘管她沒有力氣拎水桶，但走進多功能活動室，她確認了桌子的位置後，開始放鐵管椅。雖然大叔打翻花和由紀突然造訪浪費了不少時間，但準備工作很順利，只不過大叔仍然笨手笨腳的，再加上不知道是不是擔心兒子，他做的每件事都讓由紀搖頭嘆氣。啊，他沒救了。

「為什麼桌上還沒鋪報紙就放花器？……我覺得你給人的印象也差太多了。」

大叔露出好像小狗般的畏縮眼神。由紀不必這麼兇嘛！

「其實救水森奶奶……救妳阿嬤的是草野。」

大叔滿臉歉意，突然說出驚人之語。

「大叔！」他為什麼把這件事說出來？由紀看著我。

「那個，我只是剛好在用吸塵器吸地，發現水森奶奶被糲糬噎到了……啊，但我並不是想救她，對了，是辭世詞，不對，而且，我也不知道她是妳阿嬤。呃……對不起！」

既然事情已經曝光，只能道歉了。我深深鞠躬，頭幾乎快碰到地上。

「妳別這樣啦！不然這裡的人不就知道我家的事了嗎？兩、三天後，我阿嬤還會回來這裡。我很慶幸她沒有死，謝謝妳。」

「嗯？」我抬起頭。從由紀的臉上看不到她的感謝，但也不像在生氣。這是怎麼回事？我忍不住看著她的左手。

「我想了很久，最後得出了這樣的結論。」

由紀看著大叔。

「我剛才說，我覺得印象差太多了，不是這個意思……聽說你之前在東洋房屋當業務員，很能幹，業績第一名，公司招待你們全家去迪士尼樂園玩。」

「妳怎麼知道……」

「你兒子同病房的小鬼告訴我的。應該是你兒子向他誇耀吧！」

大叔低下頭，眼淚撲簌簌地流了下來，淚水甚至滴到了地上。由紀不知所措地看著我。我偷偷地向由紀咬耳朵，告訴她大叔因為被冤枉是色狼，結果遭到公司開除。

真的是被冤枉的？由紀向我確認。

他看起來就很好宰的樣子，不是嗎？由紀也很有同感。

「也許是因為發生過這種事，所以做每一件事都格外小心，也很在意別人的眼光，結果反而弄巧成拙。但是繼續這樣下去，只會越來越迷失自己。不要只看著自己的腳下，要把眼光放遠。大叔，你兒子還在等你呢！」

「……我去換衣服。」大叔抬頭說。

「謝謝你。」由紀向他鞠躬。

預告殺人的不是由紀。要不要告訴由紀，請她協助我保護大叔？話說回來，雖然我不知道原因，但由紀正在為實現大叔兒子的心願努力，我不能再增加她的負擔。

大叔還是由我來保護他。現在是下午兩點，還剩下十個小時。

*

還有一站就到S大學附屬醫院了。我們三點多離開「銀城」，大叔說「我去換衣服」，但並不是去更衣室，而是回家換衣服，所以才耽誤了這麼久。

快了，我很快就可以完成小昴的心願了。我耳邊似乎可以聽到他說：「姊姊，謝謝妳。」但如果他說「兩位姊姊，謝謝妳們」的話該怎麼辦？

我失算了。我沒想到敦子也會跟來。

這是我一個人的計畫，我費盡了千辛萬苦才走到這一步，敦子卻坐享其成，我覺得很不甘心。

但是，當大叔畏縮不前，遲遲下不了決心時，是敦子說服了他。不知道他們是什麼關係，似乎不只是同事而已。他們之間有一種親密感，敦子又提到「枕頭」，難道他們在交往嗎？

雖然她叫他「大叔」，但當他換上潔白的馬球衫和牛仔褲時，覺得他剛好擠進喜歡年長者的敦子能夠接受的範圍。再加上他們兩個人都陰陽怪氣的，如果傾訴彼此的煩惱，或許會相互吸引。

但如果他們在交往，舉止就有點奇怪了。

奇怪的是敦子。

她說走路的時候可能會被車子撞到，所以要搭計程車去電車車站。到車站上樓梯時，又說我們要分別走在大叔的兩側，還說站在月台的最前面很危險。離開老人安養院後，她一路上都細心照顧大叔，簡直就像是保鑣一樣。她是不是誤以為大叔是器官捐贈人？

搭電車時，大叔也坐在我和敦子中間。原本我想問敦子關於大叔被冤枉是色狼的事，以及他離婚前那個家庭的事，結果完全沒有機會。

即使現在，敦子也全神貫注地警戒著站在大叔前那個看起來像大學生的男人。當電車搖晃，那個男人身體向前晃動時，敦子搶在前一秒稍微直起身體。

敦子在保護大叔時的表情太酷了。雖然她的動作還是那麼誇張，但相隔一段時間沒有見面，敦子似乎和之前不一樣了。

下了電車後，大叔提出：「我去買一些伴手禮。」

剛才我們已經在老人安養院等了半天，這個大叔現在又提出這種要求。難道他不想趕快見到兒子嗎？再怎麼遲鈍，也該有個限度吧！

「因為好久沒見面，難免會尷尬，更何況總不能空著手去嘛！」

敦子幫大叔解圍。少數只能服從多數，於是，我們去車站旁的購物中心買伴手禮。

但是，大叔猶豫不決，遲遲無法作決定。

不知道是不是因為醫院就在附近，當我們經過水果區時，看到好幾個包裝得很漂亮的水果籃。

「這種的應該不會出差錯吧！」大叔停下腳步。

「對了，要不要選有蘋果的水果籃？你可以削蘋果給他吃。」

連我自己都覺得這個提議太棒了。因為小昴快死了，大叔在最後表現出父親的關懷，小昴一定會欣喜若狂，炒熱感人的一幕。

「我不太會這種……」大叔很不乾脆。

他又在畏縮了。他為什麼總是用這種方式說話？難道他不想讓他兒子高興嗎？

購物中心響起報時音樂，五點了。探訪時間到七點為止。我已經忍無可忍，拿起正中央有一個亮亮的蘋果、綁著藍色緞帶的三千圓水果籃走去收銀台。

我們在小兒科病房的護理站櫃檯前逐一登記名字，大叔也登記了。之前肉包子給我的紙條上寫的是平假名，原來他叫「高雄孝夫」。好奇怪的名字，但多虧了這個名字，否則我可能找不到他。

或許是病童的父親下班後來探視，每個病房都比白天熱鬧，有許多病房敞開著門，從裡面傳來歡聲笑語。但是，走廊最深處的雙人病房關著門。

也許肉包子等得很著急，他或許安排了什麼節目。於是，我請大叔和敦子等在走廊上，我一個人先進了病房。

當我敲門後走進病房，肉包子和小昴同時看著我，露出驚訝的表情。難道他們在說悄悄話？

「櫻花姊姊！」小昴興奮地叫了起來。

「小昴，你好。你明天就要動手術了。」

我故意說得很輕鬆，走向裡面的小昴病床。

「櫻花，我託妳的事辦得怎麼樣了？」肉包子問。

「說到做到。」我回頭向肉包子豎起大拇指。

「好……沒時間了，開始吧！」

聽到肉包子有點緊張地這麼說，我回頭看著小昴。

「不瞞你說，今天我還帶了一個人來，我可以叫他進來嗎？」

「哦？是誰啊？妳男朋友嗎？」

小昴一臉興奮地問。好戲上場，好戲馬上要上場了。

「怎麼可能？是更了不起的人——這是阿太送你的禮物。阿太，對吧？」

我第一次叫肉包子「阿太」。

「啊？……哦，對啊。」肉包子低下頭。

「阿太，別害羞。我叫那個人進來囉！」

我走回病房門口，裝模作樣地緩緩打開門。

「小昴爸爸，請進。」

大叔呆然地站在門前。敦子緩緩推著他的背，大叔走進病房，然後衝到心愛的兒子面前。

——啊?!是肉包子?!

＊＊

大叔衝向坐在靠門那張病床上的男孩。

「小昴……」

他就是大叔枕頭下那張照片上的男孩，看起來比照片上更胖，可能是因為生病的關係，但他沒有特徵的五官組合和大叔太像了。

由紀呆呆地看著坐在裡面那張病床上的男孩。為什麼？她費了這麼大的工夫找到了大叔，難道不高興嗎？那個長得很帥氣的男孩雙手捧著蘋果，向由紀扮了一個鬼臉。他們在打暗號嗎？

太好了，終於順利到這裡了。沒想到保護一個人這麼辛苦，想要殺人的話，只要下定決心，或許在轉眼之間就能夠下手。但是，保護一個人時，由於不知道殺手什麼時候出現，所以需要隨時繃緊神經。雖然還剩下幾個小時，但這裡很安全。這種放心的感覺太棒了。

大叔……

他為什麼不用力抱住他兒子，而是有點擔心地在一伸手就可以摸到他兒子的兩、三步外停下了腳步。

「爸爸，我好想你。」

那個叫小昴的小胖子粲然一笑，大叔吸了吸鼻子，好像這才想起來似的遞上水果籃。

「聽說……你明天動手術……要加油哦！」

「哇，有蘋果。謝謝。」

小昴開心地接過水果籃，放在自己的枕邊。

「那位姊姊是誰？」

他皺起眉頭，看著站在門前的我。

「呃，啊……她是我朋友。對不起，她自己跟來了。」由紀說。

好過分，居然這麼說我，我很生氣，小昴對我嘀咕了一句：「原來這就是日本第一啊。」說完，轉頭看著大叔。

日本第一？是指我嗎？我很想問是怎麼一回事，但眼前的狀況不允許我開口，因為這是感人的父子重逢畫面。

「爸爸，謝謝你來看我。我一個人孤孤單單的，好害怕哦！」

「一個人……你媽媽呢？」

「原來你們真的沒有聯絡。媽媽的病情越來越嚴重，完全沒辦法來看我，阿姨每個星期會來一次，幫我帶換洗衣服。」

「她生病了？她哪裡生病？」

「媽媽的精神有問題……會不會是我讓她太操心了？」

小昴垂下雙眼。大叔走到他身旁，輕輕把手放在他的頭上。

「……不是你的錯，全都怪我。」

「因為你做了那種事，媽媽整天都在哭。爸爸，你別誤會，我已經原諒你了。」

大叔猛然鬆開手。兒子這麼看他，他一定很痛苦。

「小昴，不是這樣的，爸爸沒有做錯任何事。」

「算了，反正都已經結束了。對了……爸爸，你現在在做什麼？」

「我在老人安養院工作，是很棒的工作。」

「可以去天堂的工作嗎？」

「嗯，對啊，雖然有時候也可能出人命。」

「是嗎？那等我動完手術後，我想和爸爸一起住，這樣媽媽的病應該會很快好起來。」

「是啊，爸爸也很想和你一起住。」

「真的嗎？爸爸，太好了！」

小昴高舉雙手歡呼著，然後伸向大叔。

看到兒子索抱的動作，大叔流著淚，目不轉睛地注視著兒子的臉，雙手用力抱緊兒子。

「——想得美！」

＊＊＊

小昴揚起水果刀。

太一目不轉睛地看著這一幕。

敦子縱身一躍。

高雄發出低聲的呻吟。

鮮紅的血濺在潔白的床單上。

鮮血在潔白的T恤上慢慢滲開。

煙火！煙火！煙火！

由紀的叫聲響徹整個病房——

＊

因果報應！下地獄吧！

——啊啊啊啊！

腦袋深處響起吶喊聲。我聽到「救命，救命」的叫聲，還聽到「請妳原諒我！」，那是小學五年級的我在那天晚上的叫聲。

鮮血從被割開的手背上噴了出來，染紅了白色的睡衣，我的四肢漸漸發冷。啊，原來人就是這樣慢慢死去的，已經有一半出竅的靈魂輕聲呢喃著。

世界變成了發出白光的光團，我不想去那個可怕的世界，靈魂卻漸漸離開身體——這時，有人用力握著我的左手。

「走吧！」

一個有力的聲音在我耳邊響起。

敦子出現在我茫然模糊的視野中。她握著我的手，按了床邊的護士鈴後，不顧一切地衝向病房門口。

我被她拉著跑向門口。

我們穿越走廊，經過護理站前，按了電梯的按鈕，但電梯門沒有打開。我們繞去樓梯，兩格併作一格地衝下樓梯。還剩下最後幾格。

「跳下去！」

敦子的聲音在耳邊響起，身體懸在空中。

當我們落地後，繼續穿越外科病房的走廊，衝過內科病房的走廊，又跑過婦產科病房的走廊。走廊上有病人、有孕婦，也有中年婦人、有小孩子，還有護士、有醫生。我們完全不顧這一切。

走廊上有這麼多人，為什麼都不會撞到人？——因為有敦子。因為敦子即使在滿是路邊攤的街道上也可以通行無阻。

模糊朦朧的視野漸漸清晰起來。

「這裡是醫院！」

為了閃躲我們而屁股撞到牆的護士尖聲叫了起來。敦子不理會她，繼續奔跑著。她跨著大步，輕盈地跳躍著，緊緊握著我的手。

從正門跑出醫院大門後，她仍然繼續奔跑。她到底想去哪裡？

和那天一樣。

我們沿著國道奔跑，衝進了日落後杳無人煙的公園，敦子才終於停下腳步。

「到這裡就安全了。」

敦子用力喘著粗氣說。

「什麼……安全了？又不是我們……殺……那個大叔……」

我也上氣不接下氣地回答。剛才跑的時候完全沒有意識到，停下來之後，才發現陷入了缺氧狀態。視野變得清晰，心臟發出哀號。這樣很好。因為這代表靈魂還在身上。

敦子用力呼吸，一派輕鬆地看著我的臉。

「萬一被警察問話，不是很麻煩嗎？這種時候，要先逃了再說——這個世界很大，只要逃得遠遠的，就一定有辦法。」

她說完這句話，不知道觸到了哪個笑點，哈哈大笑起來。

我也跟著笑了起來。

她上次也說了相同的話——當時，我滿腦子只想死，敦子把我帶離了道場後，不顧一切地奔跑，來到校區外的陌生地方停下了腳步後，用一派輕鬆的毅然表情對我說。

這個世界很大，只要逃得遠遠的，就一定有辦法。

我們繼續笑著。覺得烏鴉的叫聲很滑稽，覺得經過我們眼前、身高相差懸殊的情侶很滑稽，覺得缺了角的長椅很滑稽，覺得寫著「果粒柳橙汁」的空罐很滑稽，我們笑得一發不可收拾。

話說回來。

我被騙了嗎？

原來小昴是阿太，肉包子是小昴。

的確，即使是那個長相俊俏的阿太拜託我，我會為了實現肉包子的心願這麼拚命嗎？我也不敢保證。我終於瞭解肉包子為什麼一臉嚴肅地跪著懇求我，因為他是為了自己。我卻以為是兩個少年之間的友情，實在天真得可笑。

當時——算了，令人感動的父子重逢並不是經常有機會看到的，即使那對父子的外型不怎麼樣，在眼前緊緊相擁的身影比電影更打動人心。

——正當我這麼想時，敦子突然向緊緊抱在一起的父子跨了一步，把什麼東西打落在地。是水果刀。

一看病床，鮮血像放煙火般濺在潔白的床單上。

誰的血？我看向抱在一起的父子，大叔白色馬球衫的背後被鮮血染紅，血跡正慢慢擴散。

死亡的記憶頓時在腦海湧現。我不需要見證周遭的人死亡的瞬間，我的腦海深處已經烙下了死亡的記憶。死亡一點都不淒美，只是變成一片空白，然後消失而已，就這麼平淡。

我居然想見證這樣的瞬間，這太好笑了。

＊＊

我不假思索地奔跑。衝下樓梯時，兩格併作一格往下跑，最後一口氣跳下五格樓梯。

我完全沒有擔心萬一跌倒怎麼辦？萬一撞到人怎麼辦？好像有人罵我們，但我根本不在意那個人怎麼看我。

總之，我的心情暢快無比。

在衝進一個公園停下腳步後，我對自己一直為這種事膽戰心驚感到可笑不已。太滑稽了，太可笑了，我笑個不停。

我和由紀一起坐在長椅上，喝著在自動販賣機買的果汁，嘴裡甜膩膩的。我看著空罐上寫著的：「果粒柳橙汁」。

早知道我應該買運動飲料，就像由紀一樣，而且還是寶特瓶的。她太聰明了。連我自己也忍不住說：「果粒好噁。」放聲大笑起來。

——對了，由紀剛才笑了，她放聲大笑了。

由紀仍然喘著粗氣，咕嚕咕嚕地喝著運動飲料，看到瓶身上寫著：「含有消除疲勞的胺基酸」，覺得好討厭哦！

愛笑、愛哭、愛發脾氣，有強烈的正義感，也很心軟……這就是以前的由紀。所以即使她有話要說，眼淚也會妨礙她說出口。

對了，「小狐阿權」。

小學四年級上國語課時，每個人都要輪流說感想，但由紀說到一半就泣不成聲，無法說到最後。第二天，老師把她寫在日記作業上的感想唸給大家聽，我記得當時聽了之後很驚訝，原來她是這麼想的。

要傳達沒有說出口的想法，不但很困難，而且容易造成誤會——她在日記中這樣寫著。

下次要努力在大家面前說出來。雖然老師這麼要求她，但我現在才發現，正因為她的心情無法完全說出來，所以她才能寫出那麼多東西。

原來書寫對由紀來說，是最能夠傳達心意的方法。

因為阿嬤的關係（我一直以為是照護之類體力上的問題），她沒有時間笑，也沒有時間生氣，所以變得面無表情，時間一久，甚至忘記了真正的感情。所以由紀說的話都不是發自內心，只是藉由閱讀培養起來的想像力，說一些場面話。當然，她寫出來的文字也一樣。

所以，我無法相信她。

我一直這麼以為。但或許是因為由紀什麼都沒有告訴我，令我感到寂寞，所以我自己內心才擅自這麼認定。

由紀只是放眼遙遠的世界，所以覺得再大的煩惱也算不了什麼。日常生活中的眼淚和歡笑在遼闊的世界中根本沒什麼了不起。

世界很遼闊。在我沒有經歷失敗之前，我也曾經這麼認為。照理說，世界的大小對每個人都是平等的。

我是否已經完全理解、接受了由紀想要表達的想法？

「小夜已經走完了鋼索。」

我說出了反覆讀了一遍又一遍的最後部分。

「咦？」由紀抬起頭。

「大叔有這本雜誌。別看他那樣，他是文學愛好者。」

聽我這麼一說，由紀沉思片刻，從皮包裡拿出一個白色信封，默默地遞給我。是信嗎？

我接過來後，打開一看，有一張手掌大小的小紙片，而且是用膠帶把小紙片黏起來的。我放在路燈下一看，發現白紙上有綠色的格子，是稿紙，上面用鉛筆寫著字。

小夜已經走完了鋼索。——是由紀的字。

「這是什麼？」

「牧瀨給我的。他一副得意的樣子，莫名其妙，這明明是我寫的。話說回來，只有結尾的部分回到我手上，真是太厲害了。」

真的很厲害。

牧瀨是經常和由紀在圖書館約會的男朋友。小倉不是車禍死了嗎？不知道他是怎麼拿到這些紙片的。難道是小倉的家人給他的？不，搞不好是他去向出版社拿的。總之，這些紙片又回到由紀手上，然後又轉到我這裡，只能說是命運的安排。

這種感覺，好像從遙遠的國度漂來的瓶中信，好漫長的旅程。我用手指撫著由紀小巧工整的字，淚水在眼眶中打轉。

「對不起，我沒想到會變成那樣。〈小夜走鋼索〉原本是我寫給妳一個人看的，但我把書包忘在學校……」

由紀深表歉意地說。大叔說對了，她是寫給我一個人看的。

「沒關係。我想我看完之後，一定會建議妳去投稿。啊，但我可能會要求妳用筆名。」

「為什麼？」

「雖然我知道妳不能用自己的本名領獎應該很不爽，但如果用妳的真名去投稿，別人不就知道妳在寫我嗎？那怎麼行，如果主角是特定人物就沒意思了。」

「妳說得好像很內行。」由紀笑了。

「當然啦，我要趁這個機會好好說一下。也許只有我會犯下這種只因為一次跳躍，就放棄全部的愚蠢失敗，但這種細節的設定並不重要。重要的是讓讀者發現也許自己也在黑夜中走鋼索，不是嗎？」

「太酷了。」

由紀用力鼓掌。

「敦子，妳實在太厲害了，因為我根本沒有想這麼多，我被妳感動了。」

因為大叔說他喜歡〈小夜走鋼索〉，所以我才會這麼想。雖然不知道大叔是不是在他最討厭的女高中生身上看到了自己，但他一定在看的時候連連點頭，深有同感，才會覺得好看。不過，由紀難得稱讚我，我就不提這件事了。

——由紀的手機響了。有人傳簡訊給她。

「是小昴，不對，是阿太傳給我的……他說大叔和肉包子，不對，是小昴都平安無事。」

是嗎？原來大叔平安無事。之前我那麼喜歡他，沒想到一離開醫院，直到前一刻為止，我把他忘得一乾二淨。

由紀把簡訊出示給我看。

對不起，我騙了妳。因為姊姊的那個日本第一的朋友相救，阿太（其實是小昴）的爸爸平安無事。之前，我們在商量後決定，萬一失敗，就說想削蘋果，不小心手滑了，小昴的爸爸也答應這麼說。如果有人問妳，也請妳這麼說。昴（其實我是阿太）。

醫院發生的事似乎是有計畫的。那兩個小鬼真是膽大包天，居然敢利用由紀，不知道很可能因此受到可怕的報復。留言預告殺人的可能是那兩個男孩，這麼說，我也算成功完成了保護大叔的任務。

當時，看到小昴從枕頭下拿出水果刀時，我不假思索地衝了上去。我沒想到自己的反射神經還這麼靈活。日本第一的朋友，這句話聽了真舒服。

如果我不在意社群網站上的那些留言繼續練劍道，不知道能夠發展到什麼程度。會不會進入黎明館後，在高中聯賽中表現出色？……也可能小時了了，大未必佳，進入高中後，雖然大家對我抱著很大的期待，但我的表現卻不如人意，最後還是放棄。

話說回來，我因為練劍道而救人一命，這不是很帥嗎？我就是為了這一天而練劍道。因為上天不會毫無目的地出借才華——現在已經事過境遷了，所以我才能放馬後炮。

我把刀子打落固然很神勇，但老實說，看到鮮血在大叔背後慢慢滲開時，我覺得很不吉利。

真傷腦筋。我這麼想著，轉頭一看由紀，發現她臉色蒼白。

繼續留在這裡，由紀會死。

於是，我帶著由紀離開了。我不知道為什麼會有這種想法，之前也曾經有過同樣的感覺。我記得那次是由紀來道場，說要放棄劍道。當老師和由紀的媽媽說話時，由紀茫然地看著寫著「黎明」的旗幟。當時，不知道為什麼，我覺得由紀繼續留在這裡會死。

如果不逃離這裡，由紀會死。想到這裡，我不假思索地拉著由紀的手，毫無目的地奔跑，直到感受不到死亡的氣息。

雖然我對由紀說，逃離醫院是因為「太麻煩了」，但其實這才是真正的原因。由紀只不過臉色發白，我卻覺得她會死，我是不是腦筋有問題？

人類是堅強的動物。

因為大叔流了那麼多血也沒有死。

病床的床單或許沒辦法，但他不應該穿白色的馬球衫嘛！他是大叔，應該穿苔綠色或深咖啡色之類的顏色，也許看起來不覺得他流了那麼多血，真是混淆視聽——我本來想對由紀這麼說，但還是閉了嘴。

她的肩膀微微顫抖著。

她在慶幸小昴沒有變成殺人兇手嗎？

她的樣子真可愛，真希望她男朋友可以看到這樣的她。他為由紀把她之前寫的稿子拿了回來，看到她現在的樣子，一定會當場感動發誓，我會一輩子保護妳。好討厭哦，我也來留言預告殺人好了。我記得他好像姓牧瀨？但他一定不是那種會去看「死亡預言書」的笨蛋。

啊，我也好想交男朋友。大叔……不，我要交和我同年齡、像大叔那樣的男生。

——啊，我肚子餓了。

「我們難得見面，一起吃完晚餐再回家吧！而且，我們也要互相交流一下這個暑假做了些什麼。」

「就穿這樣？」

由紀笑了起來。運動服。反正沒有人看我，有什麼關係！

我從長椅上站了起來，把由紀的稿紙紙片放回信封，交還給她。她男朋友辛辛苦苦幫她找回來，而且，還說他一副得意的樣子，所以應該讓由紀好好保存。

由紀默默地接過信封，拿起空寶特瓶站了起來。

「要去吃什麼？」走出公園後，我把果粒柳橙汁的空罐丟進公園入口旁的垃圾桶，由紀把寶特瓶和——白色信封丟在上面。

「嗯？」我看著由紀。

「反正妳已經看過了，留著也沒用。」

她若無其事地說。之前曾經讓我耿耿於懷的〈小夜走鋼索〉……的原稿。雖然只是紙片而已……結果，我又笑了起來。實在太滑稽、太好笑了。

我很想用力握著由紀的右手用力奔跑，就像上次那樣——

＊

敦子突然拉著我的手跑了起來。我沒有問她要去哪裡。

如同明滅的仙女棒，太陽也漸漸地消失了光芒。

自從那天敦子讓一心想死的我瞭解世界有多麼寬廣後，她成為我生命中無可取代的人。我打算有朝一日擺脫家裡的地獄時，我要向敦子道謝後，離開這個城市，沒想到發生了那件事。

在高中畢業之前，在向她道別之前，我一定要讓敦子恢復原來的樣子。那一直是我的目標，但是我到底做了些什麼啊！不——

敦子的黑夜結束了，她靠自己的力量結束了黑夜。

「黎明」——掛在道場的旗幟上寫著敦子喜歡的這兩個字。我猜她至今仍然不知道這兩個字的意思。

敦子，其實就是這個意思。

我背對著敦子，用有著醜陋疤痕的手背擦著眼淚。

小夜並非身處架在深谷的鋼索上。

站在黑暗中的小夜為腳下騰空忍不住顫抖，為背後似乎追來的動靜感到膽怯，滿腦子只想著不要跌下鋼索，小心翼翼地踏出每一步。然而，當黑夜結束後，她一定會啞然無語，三秒鐘後，一定會放聲大笑。

因為，她腳下的鋼索放在又粗又牢固的橋上。

支撐小夜的橋比小夜以為的更加牢固，而且並不長。

小夜迎接黎明後，可以在她中意的地方建造新的橋。

走吧！

小夜已經走完了鋼索。

補充

八月二十八日（五）

＊＊

今天下午開始舉辦「音樂會」。我和志工團體的人一起搖著鈴鐺，把腦袋放空，搖出叮鈴叮鈴的聲音讓心情變得很愉快。

不知道由紀今天有沒有去圖書館。她最近比較少看書，而是花更多時間用功讀書。在別人眼中，會覺得以她的程度，考附近的大學綽綽有餘。但她立志要考取東京的大學，讓那些說這種話的人閉嘴。我問她：「既然妳有這種野心，為什麼沒有告訴我？」她回答說：「因為妳沒有問。」她似乎打算以後住在國外。

上個星期見到她時，她的眼睛下面出現了黑眼圈。熬夜用功雖然是好事，但由紀也應該找時間活動一下身體。

我已經能夠在規定時間內單獨完成之前和大叔兩個人做的事，現在，我還敢站在梯子上換燈泡。

一開始我還不敢。雖然把梯子放在走廊上閃爍的日光燈下方，卻站在梯子旁猶豫了半天。這時，阿囉哈搖搖晃晃地走過來說：「要不要我幫妳換？」我不想再被捲入意外了。結果，就這樣站上了梯子，實在太簡單了。

我想成為照護師。也許可以讀個大學或專科學校，進劍道社。不過，以後的事很難預料。

三天前，大叔的兒子小昴死了。

我當天就聽到了噩耗。我一個人在打掃大廳時，小澤阿姨告訴我這件事。其他職員都每個人包了三千圓的奠儀，草野，妳要包嗎？我原本想包一千圓，但這麼一來，我就沒錢買剛好那天推出的十月號《茱麗亞》雜誌了，所以我只出了五百圓。我不能不買刊登了LIZ LISA的皮包和皮夾的特集。

令人驚訝的是，大沼阿姨還邀我：「要不要一起去參加葬禮？」我當然拒絕了。因為我不想在殯儀館見到大叔。大叔九月就會回來「銀城」工作，那時候我就要回學校上課了。

那次之後，我和大叔通了一次電話。他打電話到事務室，館內廣播找我去接電話，我不能不去。大叔為把工作都交給我一個人做感到抱歉，也感謝我讓他和小昴重逢。這都是由紀的功勞，因為大叔在這裡工作這件事並不是我告訴由紀的。

由紀說，因為閒著無聊，想去當志工，參加了朗讀會，結果就遇到了那兩個男孩。找大叔的過程很辛苦，幸好最後順利解決了問題。由紀當志工？雖然我感到不可思議，但既然由紀這麼說，況且已經結束了，所以這些問題根本不重要。

大叔，你根本不需要向我道謝。說完，我就掛了電話。

小昴活著的時候，我就不知道該說什麼了，如果在殯儀館遇到大叔，我也不可能說出激勵他的話。「請節哀順變」這種老套的話讓大沼阿姨說就夠了。

大沼阿姨目前正為兩件事感到煩惱。

第一件事，就是小昴病故後，大叔會不會自殺。她一下子把我視為情敵，一下子又很熱絡地找我商量：「妳覺得我能夠為孝夫做什麼？」歐巴桑的思考回路讓人無法捉摸。

大叔絕對不會自殺。包括我在內，那些畏畏縮縮地躲在自己殼裡的人往往很頑強，那些覺得無法做出躲在殼裡這種丟臉事的優秀人才，才會自殺——我沒有對大沼阿姨說這句話，雖然覺得有些不甘心，但是我覺得大叔和大沼阿姨很配。

希望他們交往順利，大叔能從此過著幸福快樂的生活。

大沼阿姨的另一大煩惱是水森奶奶，也就是由紀的阿嬤。

水森奶奶出院後，再度回到安養院。雖然她說話的態度總是高高在上，對其他職員也很客氣，唯獨對大沼阿姨特別嚴厲。她叫大沼阿姨「藤岡」，沒事就對大沼阿姨大發雷霆。這件事，真的讓我也覺得很頭痛。現在我終於瞭解由紀之前為什麼沒有把心裡的苦說給我聽的原因了。如果自己家裡有這種人，而且是和自己有血緣關係的人，我也絕對不會告訴別人。

雖然血緣關係很重要，但有很多時候，正因為沒有血緣關係，所以才能看得開。

我和水森奶奶的關係很不錯。我發現和老人之間也有合得來、合不來的問題。我很怕那個「妳是不是叫我去死？」的坂口奶奶，不過大沼阿姨常幫我解圍。

為了報答她，有一次，我問水森奶奶：「藤岡到底做了什麼壞事？」水森奶奶說：「她把吃了兔子的狗殺了，還一副滿不在乎的態度。」因為很不吉利，所以我沒向任何人提起這件事。

幾天之後，我就要離開這裡。雖然有點依依不捨，但比起這裡，學校的生活更愉快，況且，還有文化祭和畢業旅行。

我沒有把小昴的死訊告訴由紀，因為這不應該由我告訴她。

那個帥氣的小男生一定會寄簡訊告訴她。

＊

一大早就和牧瀨在圖書館約會。

敦子要在暑假的剩餘時間，應該說是剩下的一大半暑假都在老人安養院當義工。她只要兩個星期就可以補完體育課的缺課，但因為大叔這段時間休假，所以，老人安養院請她繼續在那裡工作到暑假結束。

上個星期和她見面時，我曾經問她大叔的情況怎麼樣，聽說大叔整天都在陪肉包子。而且，老人安養院的大沼，就是那個看起來很嚴肅的女職員也喜歡大叔，正打算伺機而動。這是另一個姓小澤的歐巴桑在休息時告訴敦子的。

聽那個人說，大沼看到可憐的大叔被女高中生惡整而打亂了人生步調，為了療癒他受傷的心靈，故意下猛藥，讓他和女高中生敦子一起工作。實在太令人驚訝了，原來這也是表達愛的方式。這個世界上還有很多我難以想像的事，那個大叔那麼有女人緣這件事是最讓我匪夷所思的。敦子說她不想和別人競爭，「大叔」的名字在她簡訊中出現的頻率也越來越低。

敦子目前正在努力學書法，她還邀我在文化祭時寫書法。好主意，我很擅長寫書法。阿嬤還很健康的時候，在敬老節時，我經常在簽名板上寫書法後送給她當禮物。耐雪開花——這是阿嬤欣賞的女政治家的座右銘，不用花錢就可以搞定。

前幾天，敦子用很醜的字在簽名板上寫了「人不活動身體就容易胡思亂想」送給我。她好像是在老人安養院寫的。

容易胡思亂想。她說得完全正確。

自從那天之後，我沒有去過醫院。

剩下的暑假時間裡，我和牧瀨每三天在圖書館約會一次，其他時間我就在家裡寫小說，是〈小夜走鋼索〉的紀實篇。這次寫作並沒有什麼目的，只是因為買了電腦，所以想寫些東西做為紀念。寫完之後，發現比之前被小倉偷走的初稿更精采，讓我覺得我的人生並沒有那麼糟糕。

目前，我還不打算給任何人看。

牧瀨仍然想看到別人死去。

那天的隔天，牧瀨用簡訊把我叫去圖書館，急著想知道結果。雖然沒有人送命，但我還是把在醫院發生的事告訴了他。

聽到肉包子刺殺自己的父親，牧瀨很懊惱自己當時不在場。我對死亡已經失去了興趣，但看到牧瀨這麼懊惱，心裡痛快無比。

——我看向坐在旁邊的牧瀨。

他正在絞盡腦汁地解答很難的數學題。休息的時候，他給我看那天模擬考的成績。他的志願欄內都是入學門檻很高的大學醫學院名字，但他的成績都是低空掠過的C級，因此，他現在根本沒時間為其他事分心。

牧瀨以後要當醫生？饒了我吧！

他那透明資料夾型的墊板內除了英文作文寫作要點以外，還夾著沾到血跡的紙片。當我告訴他，這是去年的新人文學獎的得獎作品稿時，他自以為是地解釋說：「那個大叔一定是寫不出更好的作品，所以才會想不開……」還一副很感慨的樣子。你是豬嗎？

——我打開手機，看著昨天晚上收到的簡訊。

櫻花姊姊，謝謝妳把小昴的爸爸帶來。

我必須向妳道歉，我和小昴一起騙了妳。

小昴想要見他爸爸是想要殺了他。

小昴很愛他媽媽，但他爸爸因為當色狼被逮，他媽媽和爸爸離婚後，精神就出了問題，她害怕見人，也無法外出。之後，她就沒再來醫院。小昴經常哭著說，在爸爸被警察抓之前，媽媽每天都會來醫院看他。

但是，從某一天之後，小昴不再哭了。

有一次，那個被迫來照顧小昴的壞心眼親戚阿姨告訴他，他的手術成功率只有百分之七。那個阿姨真的很壞，即使小昴因為生病發胖，她也不幫小昴買新的睡衣。

小昴決定在死前為媽媽報仇，希望媽媽的病情能夠好轉。他似乎覺得只要爸爸死了，媽媽就可以出門了。但是，小昴不能離開醫院，如果爸爸不來醫院，他就無法下手殺爸爸。

雖然我不認為他媽媽的病可以這麼輕易治好，但我想為小昴做點什麼，所以，也和他一起找能夠帶他爸爸來醫院的人，卻一直找不到合適的人。

我很希望在我動手術前完成他的心願，但只剩下十天了。就在這個關鍵時刻，妳出現了。原本以為教會的人可能不行，但聽妳說「蟹猴大戰」的故事時說到螃蟹復仇，我們決定找妳。

當我們認識妳之後，發現妳和外表不一樣，人很好，也很有趣。於是，我就和小昴說，利用妳完成這個計畫。

提出換角色的是小昴。因為我們不知道當外表看起來很健康的小昴拜託妳時，妳會不會答應，於是，我們決定演戲。

我們演得很不錯吧？

但是，我們擔心一件事，那就是妳告訴我們的地獄的事。我們很害怕，曾經商量是不是停止報仇。不過，我們也有了一個疑問，不知道地獄是不是真的那麼可怕，於是我們作出了決定，如果姊姊那本書的地獄比我們想出來的地獄更可怕，我們就停止計畫。

但是，妳沒有把書帶來，而且還說我們自己寫的地獄書很可怕。所以，我們覺得地獄也沒什麼可怕的，最後決定繼續復仇。

為了不讓自己改變心意，我們用我的手機去了小學社群網站上連結的「死亡預言書」的網站，留言預告要殺人。

之後，就完全交給妳了。其實我們還是很害怕，也思考了在報仇後，可以不下地獄的方法，結果，我們決定參加即使做了再大的錯事，也可以獲得原諒的教會。我們拜託岡姨，請她送給我們十字架的項鍊墜子。

那天早上，岡姨送給我們很漂亮的項鍊墜子，我們立刻戴在脖子上。項鍊墜子很重，讓我們覺得不要說復仇，即使做更壞的事，也可以獲得原諒。

然後，妳遵守了約定。之後的事，妳也都知道了。

平時小昴都耍帥說「我爸」，但看到他爸爸時，他脫口叫「爸爸」，我覺得他其實應該很愛他爸爸。

小昴前天死了。

那天之後，小昴的爸爸每天都來醫院。小昴得知他爸爸被當成色狼是冤枉後很高興。他爸爸也幫他買了新睡衣，躺在棺材裡的小昴穿的就是那件新睡衣，聽說他們家是信佛教的，但我還是把那天拿到的十字架偷偷地放在小昴的睡衣口袋裡。

姊姊，幸虧有妳，我們才沒有下地獄。因為小昴沒有殺死他爸爸，雖然他媽媽的病也沒有治好，但我想他在死前能和他爸爸和好，是一件很棒的事。

姊姊，這一切多虧有妳，謝謝妳。

我很快就要出院了，回到學校之後，我會見到我的朋友。雖然我以後也會結交新朋友，但小昴是我這輩子最好的朋友。

姊姊，妳也要好好珍惜上次那個日本第一的朋友。

姊姊，那就再見了。太一上。

我很猶豫要不要把這篇內容加在小說最後的部分，但還是作罷吧！

我跟敦子的故事和這兩個少年的友情無關。

再見。我按下了刪除鍵。

終章。

九月一日（二）

＊

暑假結束了。今天只上半天課，從明天開始，就要正式開始上課，上滿整整六節。應該把暑假前的幾天挪到這裡，才能讓感覺漸漸適應。

我和敦子約好下午一起去看電影，看完電影還要去吃蛋糕，所以，中午就去學生餐廳隨便吃一下。相隔四十天見面的紫織也和我們一起吃飯。

我正打算排在咖哩的隊伍後面，敦子硬把我拉去買漢堡焗飯，而且她左右手各拿一個托盤，主動幫我把漢堡焗飯拿到了座位上。

比起她發現了我拿不動托盤這件事，我更驚訝她居然可以單手拿放了漢堡焗飯盤子的托盤，而且還左右開弓。雖然我之前一直覺得敦子為一些不必要的事煩惱，也許我自己也一直在逃避。

我第一次吃學生餐廳的漢堡焗飯，發現比我想像中更好吃。接下來的季節更適合吃焗飯，我回家要在寶特瓶裡裝沙子，好好鍛鍊右手的力氣。

「暑假過得怎麼樣？」

吃完飯，大家都在補口紅時，紫織問我們。

「沒什麼特別的，很普通啊！對吧？」我看著敦子。

「對啊，我們沒去旅行，也沒去逛街買東西。紫織，妳呢？妳不是一直都在親戚家嗎？真羨慕妳可以去東京。是不是有很多很新潮的商店？」

「沒我想像的那麼好，但至少買到了我想要的東西。」

「該不會就是這個皮包？」

敦子指著紫織正準備把口紅收進去的皮包。紫織是轉學生，她還沒有買學校指定的書包。

「這個LIZ LISA的皮包！是只有澀谷總店才買得到的限量款。」

敦子說著，從書包裡拿出這個月的《茱麗亞》雜誌。在她摺起的那一頁中央，大大刊登了和眼前紫織的皮包相同的款式，敦子在旁邊用有稜有角的字寫著：「想要第一名」。

那是粉紅色的筒形漆皮皮包。的確很可愛，但無論顏色和形狀，我覺得比起紫織和敦子，更適合我。

「紫織，真羨慕妳。妳家很有錢吧？」

敦子比較著雜誌和眼前的皮包說。

「完全沒有。我爸爸是普通的上班族，在建設公司上班，我家卻是租的。」

「但是，妳這個皮包不便宜啊！」

敦子繼續追問。雜誌上寫的價格是四萬八千圓，的確很昂貴。

「哦，這個嘛……這個秘密，我只告訴妳們兩個人。」

說著，紫織就像上次說她朋友自殺時般壓低了嗓門，雖然周圍並沒有其他人。

「我在之前的學校時，曾經陷害別人……是色狼。」

「陷害別人是色狼？」我和敦子異口同聲地叫了起來。

「搭電車的時候，找那種看起來很窩囊的大叔，然後抓著他的手大叫：救命！這個人是色狼！對方付了和解金，我就不再追究。我就是用這筆錢買的。不過，現在已經沒做這種事了，因為我陷害的那個人剛好我爸爸也認識，我有點害怕，不敢再做這種事了。聽說最近有人因為這樣被警察抓，幸好我早就沒做了。我的朋友竟然還和原本想要陷害的人交往……哦，就是那個之前自殺的朋友。如果我沒有叫她做同樣的事，也許她就不會自殺了……所以從這個角度來說，我是殺人兇手，我的罪孽會跟著我一輩子……」

無論是掠過我腦海的大叔，還是紫織在我眼前自我陶醉，都已經不重要了。

眼前這個粉紅色漆皮皮包比雜誌上的閃亮好幾倍、可愛好幾倍。

我想要這個皮包！

「不知道畢業旅行去東京時還能不能買到。」敦子說。

十月底的畢業旅行要去東京。現在有很多學校的畢業旅行都出國，但我們學校從創校以來，畢業旅行的地點始終沒有改變，不過最近增加了以住宿的飯店為據點的自由行行程，可以去澀谷和原宿，雖然必須穿著醜醜的制服。

「即使可以去澀谷總店，身上也沒有錢。」

我冷冷地說，敦子露出笑容。

「不瞞妳說，『銀城』給了我薪水。補課之後的半個月，他們每天給我三千圓，讓我覺得好像在詐欺。因為我每天都去，所以存了一小筆錢，我媽媽也說，不如買一樣東西犒賞自己，做為今年暑假的紀念。」

「暑假的紀念……我也可以想辦法。」

家裡已經給我買了電腦，所以不可能再幫我買……我看著手上的手機。三條家園那個傢伙的電話我還沒有刪除，還有上次拍到的那些畫面。我不願意回想起當時的情況，一直都沒有處理。如果談判順利，或許他願意幫我出買皮包的錢。

已經一點半了。電影兩點半開場，如果再不走，可能會遲到。那是一部動作片的續集，也推出了電玩系列。兩年前上映時，剛好演到整個城市都毀滅了，所以我很想知道接下來的劇情。預告片中說「人類毀滅的危機」，好緊張哦！對了，邀紫織一起去看。

「我等一下要和敦子一起去看電影，妳要不要一起去？」

「對不起，我每個月一號都要去為星羅掃墓。那我先走囉！」

紫織說著，拿起皮包站了起來。

——咦？

紫織的話似乎不太對勁，我看著敦子，她仍然充滿羨慕地看著紫織的皮包。

「拜拜。」

紫織離開時向我們揮著手，我又看了敦子一眼，她正自言自語地看著雜誌掐指計算。是不是在算打工的錢？

「喂，敦子。」

「啊？」

即使我叫她，她仍然低著頭，心不在焉地應了一聲。

「妳有沒有聽到紫織那個朋友的名字？」

「啊？妳說什麼？」敦子不耐煩地抬起頭。

「她朋友的名字？」

「咦？她有說嗎？叫什麼？……對了，妳看這個錢包，很好看吧！也許我可以連這個一起買，因為爸爸說要買禮物犒賞我。」

敦子翻開雜誌的下一頁，她在那一頁的正中央寫著：「想要的第二名」。是LIZ LISA的錢包。和剛才的皮包一樣，都是粉紅色的漆皮包，釦環的部分是心形。

——好可愛！比起皮包，我更想要這個。皮包不能帶來學校，但錢包可以每天都帶來學校。價格和皮包差不多。不，我兩個都想要。同款的皮包和錢包，不是很時尚嗎？

那個可憐的大叔為了發洩在家裡不受重視的壓力，把高中女生找去豪宅的樣品屋。不如趁這個機會叫他統統買給我。

不，先去看電影再說。

遺書·續篇

我想起了星羅。

我以為她的死會讓我一輩子背負沉痛的悲傷，但當災難降臨在我身上時，我才深切體認到，那只是別人的事。

我的人生在一天之內，不，是在一眨眼的工夫就墜入了深淵。即使過著和平時相同的生活，即使沒有做壞事，該來的還是躲不掉。

一切都要怪我父親——都要怪那個笨老爸。

上個月，他因為今年暑假脅迫女高中生做猥褻行為而遭到逮捕。

受害的女高中生當初並不想公開，要求老爸付十萬圓和解。老爸不肯付這筆錢，結果對方就報警了。

報紙上登出了老爸的名字。當少年犯罪時，為了保護少年的將來，都不會公佈姓名；當父母犯罪時，即使家中有未成年子女，仍然會公佈姓名。

犯人的兒女是無辜的，難道沒有法律保護嗎？

雖然老爸的名字在這個地區並不算罕見，但不到三天，學校的同學都知道報紙上的罪犯是我的老爸——就在同時，大家開始排擠我。

首先，大家無視我，接著就是陰險的欺凌。

我的課桌和置物櫃裡被人塞了好幾件內衣褲。和同學擦身而過時，她們會小聲地罵我「變態」。當我因為屈辱皺起眉頭時，等著看好戲的同學頓時哄堂大笑。

Y和A雖然稱不上是我的朋友，但我剛轉來這所學校時和我走得很近。她們也不再理我。

她們沒有直接捉弄我，但總是和我保持距離。當我主動靠近時，她們就假裝有事，故意走開了。不過，我不會責怪她們。

——因為，我以前也這麼對待星羅。

她和比她年長的作家交往，有一天，突然被人在學校的社群網站上攻擊。之後，大家就開始排擠、欺侮她。

至於欺侮的手法，幾乎每所學校都一樣。

如果當初我護著星羅，陪她一起被人說壞話、被人欺侮，我相信她可以熬過那段時間。但欺侮的標的通常都鎖定一個人。

我很擔心一旦我袒護星羅，大家就會把矛頭指向我。即使我袒護了星羅，我不覺得星羅也會袒護我。

因為，比起自己，她更擔心她的男朋友。

當時，她的男朋友好像面臨了很大的困境。

反正不干我的事，我怎麼可能信賴見色忘友的人。

所以當她發簡訊給我時，我也都視而不見。她傳了九十九通簡訊給我，但我都置之不理。

星羅的第一百通簡訊沒有寄出，留在手機裡。也許她想賭一次，但我背叛了她。

我殺了星羅。

我殺了唯一的好朋友，而我連傳簡訊的對象也沒有。

今天，我的課桌裡放了用過的衛生棉——我已經受夠了，已經無法繼續忍受屈辱。

即使我忍耐、我轉學、我退學，即使我踏上了工作崗位，有了喜歡的人，我一輩子都無法擺脫「變態的女兒」這個頭銜。

我想要重新設定人生。

我以為星羅的死讓我接觸了「死亡」，了悟了死亡，現在才發現，那只是自戀狂的鬼話。

但是，現在我終於體會了。

死亡就是——不，不寫也罷。因為這是將死的人唯一的特權。

再見。

瀧澤紫織

有罪！無罪！究竟由誰來決定？
補償，又到底要做到什麼程度才夠？

しょくざい

贖罪

湊佳苗

「在追捕時效期滿前，妳們去找出兇手來！
如果做不到，就得補償到我滿意為止！」

現在回想起來，真正改變了我們命運的，並非英未理之死，而是十多年來深深釘進我們心裡的這句話，以及英未理媽媽當時歇斯底里、咬牙切齒的神情。

不，或許早在英未理跟著她爸媽從東京搬來我們這個「全國空氣最乾淨的小鎮」時，一切便已起了轉變。或許像芭比娃娃般精緻的她，和我們這些在鄉下土生土長的野孩子根本不應該玩在一起。又或許那天，是我們四個人在什麼時候做錯了什麼，所以她才會死？或許，我們才是真正害死英未理的兇手！

眼看兇手的追捕時效就快到了，是不是因為我們記不起那個男人的樣子，才一直捉不到他？這些年來，這個念頭就像無形的緊箍咒，緊緊地圈住了我們！我們到底該怎麼做，才能夠補償？如果說，我們身上的罪，用四段活著的人生來贖，這樣夠不夠？……

原以為安全的校園裡，發生了一件駭人的命案！身為目擊證人的四個女孩背負了一輩子的內疚，從此步上殊途同歸的悲劇之路。然而，面對無辜死去的小女孩，有罪的是誰？該為此贖罪的又是誰？誰有權利理直氣壯地丟出石頭報復？而為了彌補「還好不是我」的罪惡感，又必須付出多少倖存的人生？
繼《告白》之後，日本「書店大獎」得主湊佳苗再度以獨特的輪述手法，透過當事人的不同視角，一層層剝開所謂「罪」的真相，也是我們每一個人內心深處最真實的人性掙扎！

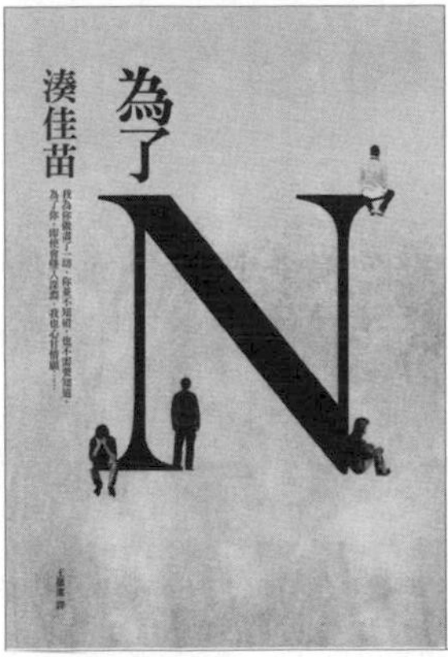

歲月流逝，十年過去了，
那起命案的真相究竟為何？

Nのために
為了N
湊佳苗

說出口的不一定是真話，
做出來的不一定是真心，
那麼，到底什麼是真？什麼是假？

杉下希美。西崎真人。成瀨慎司。安藤望。
這四個人都是同一起命案的目擊者——十年前，野口貴弘與奈央子夫妻陳屍於大廈自宅內，丈夫被花瓶打破頭，妻子則被刀刺死。
嚴格說來，目擊證人應該只有杉下希美一人，因為成瀨和安藤都是事發後才抵達，而唯一跟杉下同在命案現場的西崎，則是罪證確鑿的兇手。
然而，事實真是如此嗎？
這四個人看似只是偶然交會，其實，命運早已將他們跟野口夫婦緊緊綑綁——在與這棟高樓豪宅遙遙相望的破舊公寓「野原莊」裡，在和這座豐饒之島遠遠相隔的孤嶼「青景島」上。
來自同一座小島的舊友、曾住在同一棟公寓的鄰居、同一間公司的上司與下屬、有著同樣一段不堪過往的男女……十年前的目擊證詞是實話，卻也是精心織就的謊言！而背後那一幕又一幕令人心碎的真相，十年後的今日，終將揭曉……

最極致的愛，是分擔犯罪？是霸佔一切？還是默默祝福？原本單純地只是以愛為出發點，沒想到在層層交錯之下，最後竟導致陰錯陽差的結果！湊佳苗以精準的筆力，描寫了各種不同形式的「愛」，而在如俄羅斯娃娃般層層套疊的曲折情節中，瀕臨崩潰的情感，激盪出無比絢爛的火花！

國家圖書館出版品預行編目資料

少女／湊佳苗著；王蘊潔譯. -- 初版. -- 臺北市：皇冠, 2011. 5[民100].
面; 公分. --(皇冠叢書; 第4112種)(大賞; 046)
譯自：少女
ISBN 978-957-33-2797-4(平裝)

861.57　　100005719

皇冠叢書第4112種
大賞｜046

少女

少女

作　　者—湊佳苗
譯　　者—王蘊潔
發 行 人—平雲
出版發行—皇冠文化出版有限公司
台北市敦化北路120巷50號
電話◎02-27168888
郵撥帳號◎15261516號
皇冠出版社(香港)有限公司
香港上環文咸東街50號寶恒商業中心
23樓2301-3室
電話◎2529-1778　傳真◎2527-0904
外文編輯—黃釋慧
行銷企劃—李邠如
印　　務—林佳燕
校　　對—邱薇靜・陳秀雲・丁慧瑋
著作完成日期—2009年
初版一刷日期—2011年5月
初版十二刷日期—2016年10月
法律顧問—王惠光律師

讀者服務傳真專線◎02-27150507
電腦編號◎506046
ISBN◎978-957-33-2797-4
Printed in Taiwan
本書定價◎新台幣250元/港幣83元